漂浮的碎片

童启松 / 著

北方联合出版传媒(集团)股份有限公司
春风文艺出版社
·沈阳·

图书在版编目（CIP）数据

漂浮的碎片 / 童启松著 . — 沈阳：春风文艺出版社 , 2023.5（2024.1 重印）
ISBN 978-7-5313-6383-5

Ⅰ . ①漂… Ⅱ . ①童… Ⅲ . ①中国文学—当代文学—作品综合集 Ⅳ . ① I217.2

中国国家版本馆 CIP 数据核字（2023）第 003972 号

北方联合出版传媒（集团）股份有限公司
春风文艺出版社出版发行
沈阳市和平区十一纬路 25 号　邮编：110003
河北浩润印刷有限公司印刷

责任编辑：韩　喆		责任校对：陈　杰	
封面设计：金石点点		幅面尺寸：145mm × 210mm	
字　　数：140 千字		印　　张：6.5	
版　　次：2023 年 5 月第 1 版		印　　次：2024 年 1 月第 2 次	
书　　号：ISBN 978-7-5313-6383-5		定　　价：42.00 元	

碎片，一种群岛诗学
——读童启松的散文诗作品

刘川

诗人童启松将其最新一部散文诗集名之为《漂浮的碎片》，当然，这不是简单地对他一系列看起来碎片化的诗章的形式或多元主题表达的一种概括。恰恰相反，我倒认为这里面蕴含着一种特殊的写作观念或者审美取向。

有个比喻是这样的：诗，是大陆；散文，是海洋；散文诗，由此，也就成了岛屿——它从大陆架上看，暗接于大陆板块；从海洋领域看，居于海平面之上。散文诗，一种"岛屿诗学"，有诗的勾连，也有散文的从属，这种碎片化的文本交叉美学当然是一个课题，作为边界诗学、跨文体诗学，都可以展开研究。童启松的"漂浮的碎片"、群岛诗学，其实正是散文诗的诗学特征。

如果就童启松具体散文诗文本来解读，我希望可以从如下几个碎片阅读感受入手。

第一片：古典情结。

这与童启松写作传统诗词有关。他的写作不拘一格，兴趣多样、涉猎宽泛，现代诗、旧体诗词、散文诗、诗论，等等，几近涵盖诗的全域。那必然形成内部的语言杂糅和语义互鉴。他的散文诗，长于古典语汇和古典意象，而他书写的题材，是现代事物。现实的声音，在现代与古典修辞中产生回声，古典语境便成了现实的虚拟器、变形器——也就是说，融入的古典主义表达会把现实变成一种总体唯美的、书斋的调性，在某种程度上"架空"现实，变成用过去式的腔调表达。如何突破这种"变形"产生的"失真"，就成为童启松的一个难题。好在，童启松找到了破解之道，比如，虽然用了很多古典语汇和古典意象，但表达的内容是现代生活，以题材之新艳与语言之古朴典雅形成审美反差。比如，虽然用古典意象，却以深刻思想呈现，这样修辞作为"毛"依附于思想之"皮"；而非相反，修辞作为"毛"，依附于古人意境之"皮"；换掉了"皮"，古典意象就变成了一种表达手段而非表达目的。写作乃自由创造，手段理应无穷，拿古典路数来古为今用，与拿洋人手法洋为中用，都是创新之本义。

不妨读一首《遐思》："思念是，一分心酸，二分忧愁，三分呓语，四分踟蹰，五分无奈。//相思是，前天的孽缘，昨天的泪水，今天的苦涩，明天的骄阳，后天的畅想。//无语是相思的痛，无眠是相思的忧，无常是相思的颠簸，无心是相思的解药。"无语、无眠、无常、无心，作为恋爱的几重状态，让我们久久咀嚼，与古人简单的"强说愁"意境不一样了，这里面有现代之思。

第二片：现代哲思。

童启松身上具有某种鲜明的"异端"气质——与当下诗坛的主流美学倾向（沉迷于精致的辞藻、日常的物象、浅度的感官抒情、有闲阶层的美学消费，等等）不同，他的宇宙观不同，他看事物经常跳离具体形而下的小日常，而进入一种空阔浩渺的宇宙背景、未来背景，他在那里，获得了一种复杂的思想角度，这样的作品读起来或许不那么具有"诗意"（消费美学意义上的），却具有"思"（对人的精神建设意义上的）。当然，诗的具体定义者往往是昨天的传统，大家对既定的、稳定的体系的认同，会大于对一种极端个体的、未来的、未成型的"诗"的认同。读者对不同的"诗"，总是持怀疑与警惕。怀疑与警惕，使探索系数更高，使诗歌进程更迂回。童启松并没有因此选择"众乐乐"，而是坚持"独乐乐"——他以一种个体性极强的写作态度观照现实。

他的语言、他的表达、他的忧患意识、他前瞻式的思考，都使他显得与众不同。这种不同不是形式上的标新立异，而是思想上的走出边界。如果说他是科学诗人，或是时空诗人，或者未来诗人，会不会成为像"农民诗人""军旅诗人"一样扁平的题材标签？似乎都不贴切。于是，我放弃了对他"科学诗人"这一类肤浅标签的指称。诗人，就是他自己的具体文本、他的精神意蕴的躯体；而不是相反——因为某些文本的外在特点使他成为某一类诗人。

第三片：以论入诗。

我曾说过，散文诗，是诗与散文的某种文体上的语言"结盟"与技术"联姻"，与思想"妥协"——诗不能展开表达的，散文不能凝练提纯的，都可以通过散文诗处理。一个互相有利的"交易市集"就此形成。此刻看，我的这种认知，片面而简陋，犯了仅从形式上看问题的错误。事实上，散文诗，也在援批评（论）入诗。

童启松的《诗情呓语》等篇章，既有完整社会学、文学理论的框架，也有充沛、鲜活的诗意，也就是说，散文诗，也可以是"批评诗""理论诗"，在强化理论逻辑的同时，挖掘深度诗意，使诗意具有一种形而上的高度或者系统的、思辨的韵味。我不会将之列入"哲理诗"，而是固执地认为它弥补了当代散文诗的某种缺欠——把诗的疆域划分窄了——散文诗应该大于散文、大于诗，不应该小于散文、小于诗，也不应该等于散文＋诗；援批评（论）入诗，可以继续延伸写作手法与内涵广度，寻找更加智性的、多维的、大角度的社会学表达。童启松在跋中解释这本诗集是以诗意流露的一些感悟和随笔，"希望没有偏离散文、散文诗太远"。他在谦虚地规避边界带来的"麻烦"，其实不必。我认为，万事万物，皆可入散文诗。散文诗有待破除思维定式、进行敞开，它的文本有待不断发明和定义。

第四片、第五片，或者第六、第七片，也可以梳理出来，但我还是放弃继续饶舌。诗，在当代，工业化、后工业化时代，古典主义之潮渐渐退去，"道统"和集体意识形态为主的古典美学，过渡成因个人主体性的建立而形成的现代美学，诗歌的写作具有了建设完整的个体的"我"的意义。不断朝向未来的、去处异化的、建设新的心灵家园的诗，应该被我们呼唤，被我们创造。

在大陆与海洋之间，在昨天与明天之间，群岛，即桥也。散文诗的诗学，应该引起重视。童启松的写作，正在给我们带来启发与思考。

目　录

2016

桃 花 劫　　　　003
女 人 花　　　　005
静静的龙潭湖　　009
欢 　颜　　　　011
山谷之夜　　　　012
落寞交响　　　　013
醉 江 南　　　　015
等我老了　　　　017
花 　谷　　　　019

2017

夜的喧嚣　　　　023
皱 　褶　　　　024
遐 　思　　　　025
文学的存在　　　026
弃 　守　　　　027
你 是 梦　　　　028

我家的旧屋　　　　　029

路　过　　　　　　　030

还　醇　　　　　　　031

流 浪 汉　　　　　　032

远山的心事　　　　　033

问　　　　　　　　　034

童年的味道　　　　　035

期　归　　　　　　　036

村中的香樟　　　　　037

高考出榜　　　　　　038

风　月　　　　　　　039

酒　狂　　　　　　　040

野　居　　　　　　　041

地铁流思　　　　　　042

地铁情丝　　　　　　043

南京路情丝　　　　　044

城市变奏　　　　　　045

凤 凰 城　　　　　　046

禅　思　　　　　　　047

梦　回　　　　　　　048

春风十里　　　　　　049

如 果 爱　　　　　　050

灵魂与葬礼　　　　　051

红　豆　　　　　　　052

你若安好　　　　　　053

浮　华　　　　　　　054

橱　窗　　　　　　　055

暗 香 吟　　　　　　056

浅　醉　　　　　　　057

中秋情怀　　　　　058

如　果　爱　　　　059

雨　滴　　　　　　061

智能还是人工智能　062

春　风　　　　　　064

黄　昏　　　　　　065

终　老　　　　　　066

屋前小菜地　　　　067

雅　俗　　　　　　069

尘　埃　　　　　　071

家的感觉　　　　　073

忘记匆匆　　　　　076

红楼臆想　　　　　077

九　月　九　　　　078

不　老　　　　　　079

文学宿命　　　　　080

思　念　　　　　　081

薰　衣　草　　　　082

岁月不老　　　　　083

飘飞的桂花　　　　084

别　绪　　　　　　085

银　河　瀑　　　　087

野　菊　花　　　　088

立　冬　　　　　　090

三　秋　恋　　　　091

相　思　　　　　　092

岁月易老　　　　　093

追 风　　　　　　095

梦 蝶　　　　　　096

初冬细雨　　　　　097

冬 思　　　　　　098

雨 夜　　　　　　099

雨后黄昏　　　　　100

冬 眠　　　　　　101

寒 潮　　　　　　102

风 寒　　　　　　103

银杏黄　　　　　　105

思 念　　　　　　106

不 变　　　　　　107

归去来兮　　　　　108

夜 思　　　　　　109

孤 魂　　　　　　111

赏 菊　　　　　　112

流星雨　　　　　　113

雾 凇　　　　　　114

人 性　　　　　　116

四季随想　　　　　117

养 秋　　　　　　118

浮 云　　　　　　119

游 离　　　　　　120

梦 魂　　　　　　121

遐 思　　　　　　123

流星愁　　　　　　125

冬至暖阳　　　　　126

边 框　　　　　　127

来兮去兮　　　　　　　128

2018

岁月随想　　　　　　　131
立　春　　　　　　　　132
精　彩　　　　　　　　133
三亚随想　　　　　　　134
春　变　　　　　　　　135
香　菜　　　　　　　　136
可惜不是你　　　　　　138
树叶的天空　　　　　　139
小尾巴草　　　　　　　140
水　与　杯　　　　　　141
呼　吸　　　　　　　　142
唐山记忆　　　　　　　143
心　碎　　　　　　　　144
秋　雨　　　　　　　　145
夜访沈园　　　　　　　146
风　花　　　　　　　　147
镜　花　　　　　　　　148
无　绪　　　　　　　　150
节　奏　　　　　　　　151
秋　寒　　　　　　　　152
白　鹭　　　　　　　　153
放　空　　　　　　　　154
闲　情　　　　　　　　156
错　　　　　　　　　　157

清 梦　　　　　　159
丁香的诱惑　　　　160
梦 云　　　　　　161
冬 愁　　　　　　162

2019

葡 萄 酿　　　　　165
等 待　　　　　　166
虚 空　　　　　　167

2020

爱情之殇　　　　　171

2021

诗情呓语　　　　　177
心安何处　　　　　179
错 音　　　　　　181
梦中的江南雨　　　185

跋

元叙述与元表达　　189

2016

桃 花 劫

　　小时候，路过一片桃林时，总会被那粉粉嫩嫩的桃花吸引，看到稍大些的同伴摘花瓣吃，有时也好奇地品尝一下，对桃花也就留下了一丝丝印象。

　　工作了，既没时间，也缺少闲情逸致关注花花草草。今年春天，开始接触并逐渐认识花，理解些许花语，特别是桃花的惊艳、妩媚，把我深深震撼了。

　　平素喜欢玉兰，信江河畔的白玉兰、紫玉兰，在每年的早春就会如约而至，看着在枝头亭亭玉立的、凝脂般的花蕾，会悠然升腾起暖暖的心悦；只是，当春寒无情地摧残，萼瓣纷飞，满地落英，又不免心伤。

　　今年的三八节，又一个倒春寒，映入眼帘的不仅仅是玉兰花飘飞的花瓣，还有那一夜寒风吹开的桃花。那枝头落满的惊艳，让一颗从未关注过桃花的心，突如初开。沿着河畔，仔细地察看那偶尔一株一株挨着，偶尔独立一株的桃树，娇艳的花朵已然悄悄地开了许多，摇曳的柔姿，对着路人笑呢。

　　小小的镜头，急不可待地将这笑容收入手机，那兴奋，早已忘了是在这里锻炼散步。流连忘返的几日清早，桃花越开越多；满树的桃花痴痴地期待，期待着与人们交流。这真是一个奇妙的春天，让我走进了一个从未关注过的世界。

细细的花蕊，吐露着淡淡的清香，深居在花巢里，静静地述说着蜂飞的故事，惦念着蝴蝶的快乐。散发的花粉，飘哇飘哇，弥漫在天空，给人们送上馨香；漫天飞舞的花粉，寻觅着另一个伙伴，传递基因的传说；微微跳跃的花蕊，寂寞与其无缘。

怀抱着芯蕊的花瓣，在微风中甜甜地微笑着，呵护着纤细的花蕊，筑起一个粉粉的巢；粉嫩嫩的花瓣，一片又一片，向外舒展着婀娜的身姿，一朵朵圆圆的笑脸，飘飞枝头；那一吹欲破的花容，红扑扑，水嫩嫩，呼出的露珠，轻轻飘落；一朵又一朵艳丽的花朵，三五一团，缀满树枝，一簇簇拥抱着，挂满树冠；满树的桃花，犹如一个个仙女，飘下尘世，洒满娇艳，还有无法拒绝的妩媚。

这三月的花魁，远远就飘入眼帘。婀娜多姿的桃枝，勾画出一幅幅美景；犹如少女怀春的容颜，倾倒少年的思恋，流淌出一曲曲桃花梦，萦绕山谷、河畔、田间；春风吹拂，吹绽桃花的豪放，舞动的情怀，妩媚无边；昆仑山巅的雪莲，呼唤桃花仙子，快牵来春天。

桃花梦，梦桃花，桃花时节尽识花；赏桃花，恋桃花，桃花三月漾娇颜。惊艳，妩媚；妩媚，惊艳。好一个，桃花劫。

2016.03

女 人 花

亭亭玉立的玉兰花，把她比喻为冰清玉洁的少女，一点也不为过；十六岁的花季，正怀春的少女，是那样美好的年华；纯洁的心灵沐浴着阳光；吹弹欲破的肌肤，凝脂般透亮；银铃般的笑声，永远没有烦恼；一切美好是这花季的最好诠释。

水嫩水嫩的姑娘，十八岁的脸蛋，露出的笑容，就像绽放的桃花，是生命最绚烂的时光；万山寻遍，只有桃花，那雨后的桃花，吹一下都担心会吹破的雨后桃花，才是姑娘娇颜的升华。不是桃花映红了姑娘的脸庞，是姑娘水嫩粉红的脸，痴醉了桃花，羞红了、水透了，忘记了年华。

烟花三月拂过，过了一半的春色是那国色天香勾魂的时节，躁动的心，弥漫在夜空，流淌在骚客们的魂魄。不加修饰的牡丹，引来多少文人的赞赏，淹没了百花的美谈。富贵花魁，不正是少妇那青春媚艳的写照？成熟、妩媚，怎能不让人怦然心动，美艳、强大的生命力，震撼着、蛊惑着每一个灵魂。

当炎热的阳光普照大地，人们寄希望于清凉的时候，荷花女神悄悄来到你的身边。一塘池水，或是一湖的绿波，不经意间荷花女神向你招手；忍不住想嗅一嗅那清香，却又不忍心打搅女神的清修；只有那荷叶下的蛤蟆，在悄悄地唱着梵音，传诵着冰清玉洁的传说。

秋风吹起，百花渐渐休息，在那金黄快要铺天盖地的时令里，只有木芙蓉花傻傻地开放，开得是那样雍容华贵；七色的花瓣，迷人的倒影，谁不说，那是一位高贵的妇人，照着一江的秋水在歇息、在打扮、在起舞、在期盼，醉醉的江水，也醉得人迷茫地寻找，那贵妃醉酒的池汤。

人们最容易忘记的是昙花。昙花一现的夜晚，几度寻她，她打扮成一个艳妇，娇艳得令人心碎。人世间那一夜的光彩，照得眼神迷惑，这是天上还是人间，只是枯萎来得太快，忧伤的小夜曲久久回荡，回荡在华光照耀，却一夜不见踪影的灯火阑珊。

岁月总是不让人消停，中年的步履渐渐地不再期望，期望那牡丹在园中四季开放。山茶花的执着，让人暗暗欣赏，不躁、不骄，却暗自吐露着芬芳；敦厚的花叶相得益彰，繁茂的枝叶，不停地绽放出一朵朵艳丽的花瓣，不觉间跨过了几个时节。

雪花飘舞的时候，谁也不会在风雪中傻傻等待，等待心上人手捧鲜花，表达忠贞的爱恋；只有梅花，在雪花飘舞的夜，悄悄地张开花蕾，吐露出馨香，等待着爱的降临。那冰晶凝固的雕像，是一幅令人心疼的坚贞图画；昭君的琵琶声远远，从天边隐隐弹响。那北国的琴瑟，回荡在冰冷的山谷，萦绕在痴痴的梦乡。

满山遍野的映山红，是寻常女子的最爱，摘一朵插在头上，脸上绽放无限光彩。踏青的姑娘，谁不捧上一束杜鹃红，七彩的霓裳，让花也增色几分。小溪中嬉戏的小鱼，追逐着亲吻着水中的倒影，看着这一张张幸福的笑脸，树梢的鸟儿也叽叽喳喳地吐露着蜜言甜语。

漂亮的海棠花，每个春天都会准时来到女人们中间。谁也分不清是海棠花漂亮，还是时尚美眉更有风采；娇艳的花瓣，静静地挂在枝头，痴痴等待着蝶儿，传递爱的芳香。

尽管人们与郁金香交流着孤独的情感，可郁金香的魅力，经常穿越时空，引得剩女们泪流满面，颤动的心穿行在星空，久久无法回到迷失的乐园。

飘落富士山的樱花，被娇宠成一个妃子；满街满园的花海，也不时漂回家苑。惊艳的双眼牵挂，武大草坪满地的花瓣；妃子泪流回探，却找不到来源；花海的国度，有太多太多的花环。

这世界终究还是有许多的不满，寂寞的梨花，总是悄悄地开，又落寞地谢场；那粉白的花瓣，飘飞在空中总是不愿落下，无人欣赏她的清丽，只好渗进土里，早早地化成馥郁的清香。只有那贞节牌坊还记录着，那已远去的妇殇。

鲜血染红的木棉花，在风中传诵着巾帼泪的歌谣；紫罗兰留下西域的花香；满天星布满天堂的花园；百合花的惦念带来红豆的相思；东篱菊花带着平安回到了故乡。

九千九百九十九个心愿，簇拥着九千九百九十九朵玫瑰，爱情与婚姻的大幕徐徐拉开，鸾凤和鸣，跳跃的花蕾，融进新娘的心海。

百合花的惦念带来的相思，花瓶里的馨香悄悄地散发出百年好合的祝福；颤动的蔷薇在默默地祈祷子孙满堂的传说。一把甜腻的金桂散发出迷人的芬芳，叙说着天下第一枝的绚烂，还有那沁人心脾的茗香。

没有忘记，将康乃馨献给母亲，祝愿健康快乐永远伴随着老人们，九九重阳缀满菊黄的幽径，霞光下携手漫步，映射出最安详的倩丽。

2016.03

静静的龙潭湖

道教第三十三福地灵山，庇护这一个江南小城，城里西北隅的龙潭湖公园，成了市民休闲的去处。

表面繁华，竟然没有打破龙潭湖静静的安宁。当你漫步在那绕湖一圈的步道，轻松的惬意就会油然而生。脚下沥青路，弯弯曲曲，柳暗花明，引导着脚步去探个究竟。树梢空隙漏下的阳光，如裁剪过的无数光束，投下一枚枚金币，遗落在树丛中、步道上。

轻轻的微风，吹来银铃般的欢笑声。儿童们在他们的乐园里，尽情地嬉戏。呵护这些花朵的是那些双鬓渐花的爷爷奶奶外公外婆，从那返老还童的笑脸上，就可以猜测他们心里，幸福装了几分。

闪现的镁光灯，将新人带到眼前。长长的婚纱，笔挺的西服，灿烂的笑容，夸张的镜头，组成一曲人生赞歌，爱的甜蜜流淌着、炫耀着，汇成一股暖暖的流。

树丛下的密语时而漏下露珠，打扰爱意的呓语。偶尔如动漫般的演绎，印在不敢呼吸的水面，犹如仙境传说，美得稀里糊涂；时尚的 Cosplay，在湖中投下一颗小小的石子。

小小的石头有时会打搅了飞禽的亲热，黑天鹅悠闲自在地抻长脖子，炫耀着细长颈，呃呃呃呃呃地唱歌；少男少女的靓丽，引得孔雀展开美丽的羽屏；白鹤悠闲地从树枝飞到水岸，又从水岸漫步到草坪，叽叽咕咕地叫喊，主人般招呼着四处的客人。

清澈的水面少不了众多鱼儿吐着水泡，争抢着游人的投食。只有四季的花儿，默默打量着流动的人流，享受着这静静的湖不时飘来的水天氤氲。

2016.03

欢　颜

　　这一天，就这样悄悄溜走，多想拖住时间的链条，把时光截住，时光还是说再见，再见又要再过几个寒暑。

　　绚丽的虹，舞台飞舞，摇曳灯影，不变的情怀淌流，红花已然渐落，果实已渐成熟，不老的心，演绎脉动的，心惘。

2016.05

山谷之夜

不忍让手指轻轻触摸，那让人心醉的画境，真想羽化为一只蝴蝶，享受这迷人的心灵，画家的笔，拖动牵魂的梦，渐渐走进茅草屋。

深邃的夜空，迷人的山寨，绿绿的叶，遮盖着裸露的心，穿行在蒙蒙夜色，夜空吐露着，温馨的笑脸，蟋蟀尽情释放，跳跃的音符，和着木屋流淌的琴，上演一出幽谷交响。

黄鹂清丽的歌喉，迎合着那迷人的音律，吐露着一个个音符，叙述着一个天国的乐章，一个远离尘嚣的世界，飘摇着无人问津的歌谣。

2016.06

落寞交响

睡了不知道，谁在身旁，电视机图像，晃动的影摇曳到，晨曦露出鱼肚白，奇怪的声音，吵吵嚷嚷地让人心烦，可那寂静的夜却是，无心睡眠的窟，搅动的心隐，无法挡住寂寞的幽灵。

缠绕在脑海里的图像，一幕幕自演，岁月的河，夹杂着泥土，呼啦啦泥石流般掩盖了，一段段心酸。泛起阵阵涟漪，辛苦的泥潭里，不时传来嬉笑哭骂，无助的小船，不时跃上几条小鱼，烤熘了的鱼尾，总是最后一个落下肚子。

混浊的雨水，不时敲打着茅棚的屋脊，凶猛的狂风，威胁着掀翻屋顶，跌落的水花睁着不安的眼神，希望有一股强大的力量，呵护着一群不安的灵魂，跳跃着要做自己的主人。

沧桑的痕迹，没留下多少歌谣。曾想让小树苗长成大树，可风雨还是把它们，摧残得不像样，不成器的残缺，喘息随风飘摇，只留下一缕阳光的微笑。

静谧的小树林，传来锅碗瓢勺的吵闹，林子大了，飞来飞去栖息着一群小鸟，调皮得管束不了，飞呀飞呀，有的飞得很远，天上飞来飞去。地球转了个圈，只是怎么也跟不上去不了，去不了，碎了的岁月，拼接得没了原样，原来想的模样，一点影儿也不见了，寻找了多少遍，满世界都变了。

牧羊曲换成了钢琴的交响，铁犁头锈得不成样，小溪的棒槌声，消失得无影无踪，只有蟋蟀还在那里，吱吱叫着。

不知是心烦还是，幸福得不得了，青蛙王子与青蛙公主，在那里悄悄地唱着情歌，一湖碧水醉了，跌落了一湖的碎银，巧了荷花仙子，变出了一个个莲蓬，含笑着煮了一锅的苦心，安慰着颤巍巍的身影。

潇湘子的笛箫，牵来天上宫阙的雅乐，高山流水的琴音，安抚着躁动的心灵。飞翔在九天，游荡翱翔，夕阳的余晖，还有多少个日夜，让那影子追着，长长的霞光，编织着一个更长的梦，静静地期待着，理想国的梦乡。

2016.07

醉 江 南

烟花三月的江南，你若不身临其境，是无法体会那一塌糊涂的美的。一茬又一茬的鲜花，一拨又一拨的润绿，让人目不暇接，流连忘返。

当辛勤的农夫种出一片稻子，喜悦从心里喷发。更让人醉心的是那轻轻摇曳的荷花，嫩黄的花蕊，争着要看看，那粉红的花瓣外面的世界，闻一闻淹在水中的泥香，小小的蜜蜂不时传递沁入心扉的芬芳，荷蕊渐渐露出莲蓬的模样。

江南的夏夜，是一场交响乐的连续剧，蟋蟀、青蛙们你刚歇息我登场，只是你得静下心来，才能听懂它们述说着什么。如果你露宿在平台上，与那漫天的星星做伴，与星星们聊着天，渐渐进入梦乡，那又是一番心界。

当满地落下金黄，弯弯的小路留下一串串脚印，收获的喜悦，流淌在秋的蝉鸣，清爽的风梳理着细细的溪流，品味着跌落在溪水中的笑容，芙蓉花也来凑热闹，开了谢了，娇贵的容颜，痴醉了多少墨客。

踏着秋的凉意，江南夜莺弹奏的小夜曲，轻轻地抚摸着恋人的心脉；岁月的歌跳动的音符，清澈的湖水游漂着一条条小船；芦苇荡的网，串起一溜溜小曲；采苓姑娘惊醒了睡莲，落下银铃般的笑声；一湖的碎银，荡漾着幸福的旋律，湖心的皱褶，泛起涟漪，飘飞着拖上网兜，跳跃着鱼儿的欢畅，滋味醇厚浓郁飘上餐桌；醇香的美酒，流溢出茅屋，山边的琴音，和着箫声，久久回荡在山谷。

冬的大幕终于落下，江南雪绒花满天；刺骨的寒，冻不住爱的流淌；傲霜的梅勾画着山村的颜色；迎春花的枝头，不时蹿出一丝丝心惆；田野满满的红花草改变了大地的情感，绿绿的渐渐地红了，红得那样羞涩又那样奔放，准备迎接那满山的嫣红，还有那一块块油菜花的嫩黄。

一条长长的路，牵挂着鱼米之乡；丝绸的飘飞，编织着一个梦；几千里的铃铛，回响了千年的故事；江南的雨丝，惦念着飘在英伦的茗香；东方的神秘，响起叮叮当当的脆响，铸就了一个古国的辉煌。

江南的醉意又何止这些许的景象，痴醉的江南痴醉了一代又一代痴醉的水墨江南，醉江南。

2016.07

等我老了

广袤的草原，一群围猎的智人，悠闲地转悠着，无忧无虑的美好，怎么也不会去想象，未来是什么；山林中的果夫，随意采摘着果子，只要够吃，就完成了一天的活儿，至于明天，采摘别的花果就可以充饥，不用担心太多。几百万年的类人，只在最近的几万年想得太多，长生的欲望，蜕变的智人心绪一波波；秦皇岛外的眺望，落下多少期盼，长白山的原荒森林，被翻了几千年，留下多少传说。

岁月的流逝，翻了倍活着的现代人更显心忧，恐惧症衍生了养生流，巨大的压力，造就了一场场骗人的把戏，诞生了各种学说，养老养生养心养性，天花乱坠的思潮，扰动了抑郁症的疯狂。狂热的投资潮，不与养生沾边就不算入流。

等我老了，哪也不去，就蜗居在家，静静地陪伴在你的身旁。

早上轻轻地呼唤你起床，帮你一起打扮梳妆。喝点稀饭，加点煮的花生。一起买菜，走走路锻炼锻炼筋骨，腿脚不要老得太快，不要让轮椅成了依靠。上午的时光会溜得很快，不要忘了沏一壶茶，听一段绕梁的吟音。

中午的餐，简单准备准备，两三个菜，不用太油腻，清淡是福。午休的习惯可有可无，眯上眼稍作休息，聊聊天，大眼对小眼，读一读心语，滋润滋润心的脉动。看看书写写字，说不定还来点小灵感，小诗对联，其乐也无穷。

小米粥加馒头，又可以对付一个晚餐。晚霞的落幕，留下几分幸福，摇晃着搀扶着，映在身后精致的剪影，落在水塘的夜幕中，轻轻跳跃着一个个欢乐的音符。岁月的晚秋，读着一部快乐的乐谱，琴瑟和鸣，渐渐进入佳境，融入梦乡的露珠。

2016.09

花　谷

　　云雾缭绕的灵山，经过千多年香火鼎盛，渐渐平息了下来。流传下许多故事，固化为石头的灵念，幻化出许许多多的景点。

　　也许是对这些流传的思念，灵山脚下又一轮躁动早早地流淌在山谷，诗一般的花海，陶醉了心怀，一丝丝心动，游荡着飘浮着，急切地要寻觅花仙子的踪影。

　　一垄垄的花，绽放美美的笑容，清清的淡淡的花香暗自飘浮着，沁入心扉的愉悦，滴入花瓣的露珠，映照美人们的笑脸，变幻出娇艳的花海，痴醉了心的花谷，伴随着云烟，渐渐回归寂静的夜，山村的静瑟。花的海绽放着美丽，弥漫馨香。

　　快乐的笑容留在镜头里，一簇簇心花怒放，跳跃着飞腾着，点缀着花谷，仿佛这花海的美颜已传递，笑容汇成的海，淹没了七彩的花，笑声流淌，花谷里久久回荡。

2016.10

2017

夜的喧嚣

那一夜的喧嚣，爆发在电波峰谷，起伏不定，大脑记忆混沌，喷出躁动，洪荒初开香火，细胞核燃烧，基因密码断裂，找不到链接端口，千年的野性，呼啸着从雪域卷过，火焰山地裂天崩，岩浆化成精华，穿透了阻断，撞击着地心，闪电星云，传来引力波，绝世震颤，落下呓语，基因编辑的激情，悄悄凝固在冰点，蔓延空夜。

2017.02

皱　褶

　　流逝岁月堆砌皱褶，满脸沟坎破碎，干枯挤不出油脂丁点，溪流涓涓泪飞，压弯脊梁间盘，黏稠的血抽不出，清澈的骨髓，再生一个个细胞，克隆平滑的肌肤，玉脂般的眷恋。

2017.02

遐　思

　　思念是，一分心酸，二分忧愁，三分呓语，四分踟蹰，五分无奈。

　　相思是，前天的孽缘，昨天的泪水，今天的苦涩，明天的骄阳，后天的畅想。

　　无语是相思的痛，无眠是相思的忧，无常是相思的颠簸，无心是相思的解药。

2017.02

文学的存在

　　情感是人的自然流淌，也是人的进化的自然社会性。有情感，就要抒发表达，语言是表达的方式之一，而文字是记录这一表达的最好最有效的方式。所以有了文学。

　　文学的生命力，必然随着生命自然进化而存在。只要有生命，必然有情感，必然要抒发表达，文学就有继续存在的理由。文学的存在就是合理的，存在就是一切。

2017.02

弃 守

　　几亩薄地无法，倾尽耕耘，远方有更多际遇，一堆人情世故，炊烟冷暖几许，不透支已不易。

　　倾尽洪荒，故里才能荣归，留下孤老儿女，飘满相思雨丝，无奈选择，春运时节，再回家梳理，抹一抹，辛酸泪。

2017.02

你 是 梦

　　晨晓微风，把你吹走，寂静夜，你又轻轻，飘进梦，朦胧又亲切，一分欢欣，一分忧愁；你只愿意，牵着梦，妖娆幽怨，几度心动，几近相拥，却总在牵手刹那，虚化为一缕香艳，飞得无影无踪；你是梦，你是，一丝云烟，一朵彩霞，一个玫瑰色的，宇宙。

2017.02

我家的旧屋

　　残破了，童年的回忆，跌落在邻家的画面，竹马嬉戏的小巷，凹凸不平的石板路，土瓦黝黑的思念，不停敲打着，落在泥沙里的泪珠。

　　竹床上的天空，星星眨眼间，流淌了一个秘密，流传了几千年的故事，编织了一个又一个梦。

　　荷塘的月色没有太多的泪珠，浸泡水中的夏季，拂走了一个个秋，莲花娇羞的脸庞，唤醒了青春的萌动，悄悄地编织，成就了一个单相思，叠起的相思病酒，醇得让人欲哭，只有冬的冰凌，破碎的心音，柔和着梦飞扬在，思念的小屋。

2017.04

路 过

　　不期路过，幽深的门，轻轻私语，打湿恬适心扉。抽泣的泪，悄悄飘飞，紊乱思绪。

　　不知是缺了安慰，还是多了思念，手心温度，冷暖谁知。

　　箫声跳跃，高山还是流水，变奏弦吟，随着袅袅青烟，化为相思雨，漫了一季，游荡在忽隐忽现的，门。

2017.04

还 酹

　　如果从来没有酒，先人们拿什么祭祀；祖宗的灵魂，如何在安魂咒语中，喝了最后一樽，壮行；带上一壶，琼浆玉液香醇，骗过难缠小鬼举起的手，祈求，无常的神器，不要落下。

　　奈何桥头的思念，忘情水，无法拔去的泪珠。如果没有醉醺的迷茫，那是一片，灰暗的天空，还是，惊涛骇浪的船渡，是沟壑，还是虚无缥缈的窟窿。骷髅精灵的酒量，实在是一个无底洞，各种刑罚，花样百出，醉醉昏睡，何知它恐惧万分苦痛。

　　祭祀。

　　再来一樽，还酹江月，再来一樽，还酹地府，再来一樽，还酹，远去的幽魂，一路好走。

2017.05

流浪汉

臭臭行囊，几件破衫，蓬头垢面；慵懒懒，倚坐路旁，
似乎沉迷，无视，来往熙熙攘攘；低头，只看手中的杂志，
陶醉，文字味道飘散的，幽香。

2017.05

远山的心事

心随云飞，思绪攒了点，风醉的味道；猜猜山的心事，山的心思不知什么时候碰撞到，雨的思念。

飘入风里，看着流着泪的雨丝，不知飘摇到何方；躲到云层里，悄悄抽泣，不小心滴下，山的故事。

小鸟捡起来，挨个询问，哪个山大王，遗落了一串串相思；奔腾的鹿飞过的雁，都说，那可能是寄给云端的思念；在瑶池的那一边，每年鹊桥会，牛郎织女的相思。

2017.05

问

　　谁，问天，百万年也还是，人间短短一瞬间。

　　急切的狂潮，是一杯病酒，雄黄，酿就自大狂野，自以为是，这个世界的主宰。

　　汨罗江张开了大嘴，把屈子带回了大海，鱼虾载歌载舞，欢迎一束星光的惦念，熊罴争。

　　累了，把酒煮论谁英雄，三杯，黄土依然，抽泣了，千年百回；凭盛世嘉园，唐诗任宋词，唱哭汤显祖牡丹亭；魅影，怨仇的，情思，虚幻幻空，镜里，顽石宝玉，勾起潇湘飘飞的泪，染上湘竹一片。

　　空灵，无边无际，飘过风雪靡靡，一个远去，恍惚若隐若现，虚影。

2017.05

童年的味道

一晃眼走过了，几多年少，流光散发的异彩，依然，封存在记忆里，悄悄呼唤，明天的少年，不要又匆匆那年。

忘记回家的味道，白发爬上双鬓，已没有少年的雄心，只有门前的小水沟遗留的，几块石头上，石头剪子布的记忆，还有豆腐块，输赢的争吵，那树梢的鸟窝，不时从空中降落，粘着的蝉也飞不了。

麻雀，一弹弓一只，世间绝味，烤焦的味道，一边品尝一边，看看宣传队的演出，再瞄一瞄，女生的反应，有时却受到白眼一个。

乖乖地回家，不要让爸妈知道，不然少不了一顿牛梢^①；更不能从河塘上来就直接回家，得去，捉个迷藏，推推轮圈，一身臭汗，才能躲过惩罚；快乐，一串串，快乐无法言说。

2017.06

---

① 牛梢，农村赶牛用的竹子细梢，通常用来惩罚犯错的孩子。

期　归

　　远归的甜蜜，离别，成了期盼的开始；心痴，紧随的步履，远远遥望，远去的脚印。

　　风雨冲刷的痕迹，思念越来越厚重；剪影晃动着躲在，云里，无声的雨滴在等待，传递归的思念。

　　无法释怀的味道，品尝落下灰暗的叹息；萤火虫穿过窗外，一片翠绿；黄黄的润叶，悄悄滴下甘露；滋润，小草静静，挂满斑驳珠泪，碎了，还在，缥缈虚境漫飞。

2017.06

村中的香樟

孩童的记忆。村中的那棵香樟，几个大人，手牵手才能，围住一圈。

童年的故事，在树下演绎了，一个又一个；树梢的蝈蝈，勾得心痒痒，爬上去成就了，童年的梦想。

秋天的月亮，把树荫投在，人们的脸上，痴醉的神情，沉浸在老人们，传说的故事。

传承了一代，又一代的血脉，只有那棵树，那棵香樟记下了，记下了有多少；沧桑的岁月，遗落在风雨中，烟消云散。

2017.06

高考出榜

　　一片混乱，几滴，强忍的泪，穿透，三更半夜的叹息；已飞去的纸屑，飘逸梦幻里，传来窃喜。

　　天梯放下的绳子，粗细，颜色各自相异，长短不一；云雾里的喧闹，悄悄，融入游荡的雨珠，洒落谜一样的，大海或小溪。

2017.06

风 月

　　凝眸只为，探询眼睛里，藏了多少思念；心中的眷恋，有多少，流连在眉梢；苦苦相思，飘飞的泪珠，溅起涟漪；那一汪清澈，泛起的浪花，惊醒了，沉睡千年的，梦呓。

2017.07

酒　狂

　　泼一勺，满天飞扬，四溢芳心寸肠；唱一段，情仇哀怨，勾兑纯酿思量；抿一口，苦涩自知；对酒狂饮莫辞，喜乐忧思，尽觞觥。

2017.07

野 居

院外菜园杂，几户农家种地忙。

鸡鸣狗吠，鸭飞跳；院里金橘，满枝挂；金兰柚青，自逍遥；白兰花馨，米兰香，丹桂酝醇酿。

灯笼高挂，秋千飘荡，风漏柴门，催蝶梦还。黄雀争尽喧闹，蝈蝈声长，惹蝉嚣，燕子睡了，蝙蝠醒了，待黄昏虫儿飞，一幅蝠到图，醉了檐下老翁，一杆竹箫。

2017.07

地铁流思

　　地下流动的思念，穿过一个个出口，迎面扑来的风，飘荡。

　　飞流着消遣着，不知道需要什么；从早到晚的混沌，一批批换了又一批批；只有那流动的心情，总可以找到同谋；似乎早就说好了，阿拉与侬，本多情却又不是，一个同样的，相思病酒。

2017.07

地铁情丝

　　手机屏幕遮住了眼睛，思绪随着信息，飘荡千里；满车厢游戏，演绎着一场，不变的相思雨，冲刷着铁轨的痕迹。

　　刹车的吱吱声，拐过一道弯弯的车辙；眷恋，流浪的味道，悄悄地等待无期的约定；回眸，多了一丝笑意，或许，是哪一天留下的，相思累了，挤出的泪滴。

　　放飞的故事，在挤成线条的画框，抽动着心底，隐藏了经年的私欲，溅起的涟漪泛滥，淹没了风情万种。

　　琴声里凄惨的唱吟，夹缝里传来哀号，敞开的门洞，裹挟了无数的，进进出出的唏嘘。

2017.07

南京路情丝

　　观光车游动，人流穿梭，流思情畅烟残，风醉了霓裳，梧桐剪碎了斜阳，树荫漏了一楼，老凤祥银丝。

　　七重天跳上九霄，老酸奶冻住了，一溜溜嘴馋，老大房云吞，烫伤了几个游思，沈大成忘了汤圆，新世界梦回，大世界穿越上海滩一抹闪耀的流光。

2017.08

城市变奏

霓虹灯照亮，昨天还是菜地的，柏油马路，一片草、几棵树，遮掩了昔日的香馥。

钢筋混凝土的石林，组装成一个个居室，做着梦的游子，刚刚从睡梦中醒来，又匆匆坐着地铁，昏暗中赶到另一座，钢铁构建的大厦，打开电脑查看，大数据的神话，编织着一个梦。

机械轰鸣，生产线不断输出，一堆堆，人们需要的货物；快递小哥快乐地，穿梭送货。

高架上流动着，永无休止的音符；一个梦连接着，另一个梦。

天空中不时，落下惊奇和爱慕，城市圈的变异，已赶不上，思绪的萌动。南京路的骚动，穿起一个个商圈；漫飞的键盘，舞动着陆家嘴天际，悄悄演绎着，一段情话，一串呢喃，一摞吃语。

2017.08

凤 凰 城

　　一个边城的故事，演绎了一段，凤凰涅槃的神话；清澈的水流，载满一溜希冀，吊脚楼装饰成了，一道风景线；流水席馋了一席，他乡遇故知的味道。

　　图板上定格的思念，黛墨绘不尽心中的念想，闪烁的银装；叮叮咚咚的脆响，闹腾的山村，来了，太多的相思，不小心染上七彩虹，挂满天边的眷恋。

　　销魂的水嫩水嫩嫩地回眸，勾去了一船一船的，少年无悔跃入；清溪，捞起眨巴眨巴，亲亲的，月亮。

2017.08

禅　思

在尘埃中禅定，细细思量，尘埃与俗世，泪珠与相思；相思雨丝，缠绕的岁月，是尘世的累赘，还是人生的安慰；涟涟的泪珠，为什么让人心碎，诱人的誓言，漫过花径憔悴，为伊消得人憔悴；一再惹人憔悴，却也让人太累；一朝又怎还清，三世的苦涩；千年的思念，梦里相会的期盼，也过了约期，如何叫醒花信，传递爱的味道，杂陈百味。

漫天的水幕，是泪珠编织的梦；满是云雾的缠绕，搞不清是在云里，还是又到了仙国；只有泛起的麦浪，暗暗的墨绿，飘来飘去的雨滴，在悄悄地述说，那一亩三分地的希望，笼罩在这怎么，也看不清的水幕。

2017.08

梦　回

　　摇晃的高铁，让人昏昏欲睡，随着轰隆隆的，轨道飘飞；几度梦回的江南，刮起凉爽的秋风。

　　北国的夜晚，就要进入深秋，一望无边的庄稼地，半截里遮掩着，遮掩着一个秋的收获，喜悦在黑土地的这里、那里。

　　淡淡的炊烟，袅袅缠绕在远方，那思念的味道，裹进窝窝头的，麦香的调料，揉碎的惦念，灌入九转回肠，牵挂的微信，叮咚叮咚，从大兴安岭追遍，海角天涯。

2017.08

春风十里

春风十里吹拂，长长的青丝，娇嫩的肌肤，细雨轻柔地掠过，飘散在晓晨，露珠的呓语，溅起一片朦胧，诗意沾满，相思的味道，弥漫在相惜相依。

一缕霞光，珍藏的问号，流光潺潺，牵绕的味道，悄悄期待，那份思恋，贴着风的呼吸，追逐那云，相念相别离，无声的默契。

春风流逝的分秒，年少春宵，错过的回眸，无法回溯，遇见的机缘。

如果风清，明月笑了，如果雨停，桃花醒了，海醉了。错了位的花季，逝去的风信。

如果错了，错了年少，错了春风，错了月老。如果随风，飘飞在，十里春风，另一个如期。

2017.08

如 果 爱

　　如果爱，让我悄悄地，拉住你的手，不要松开；如果爱，让我亲吻你的脸，让泪珠汇入江海；如果爱，让天空永远灿烂，透亮的思念，沐浴着心的眷恋；如果爱，让月儿弯弯，载着梦想，游荡四海；如果爱，让风让雨让雾让雪，一起飘荡，让四季如春如夏如秋如冬，滋润着爱的心飞扬。

2017.09

灵魂与葬礼

出窍的灵魂悄悄地，在一旁看着葬礼，流泪的亲朋好友，跟着通身洁白礼服的司仪，鞠躬再鞠躬三鞠躬。

一场不大的告别，一个声音似乎在介绍着生平，还有，戴着白帽的人群，跟着呼唤着，躺在那里的躯壳，悲伤的思念，弥漫在这小小的空间。

那是一种怎样的怀念，只是一个不小心，惊动呆呆的魂；那是对这灵魂的追悼，亲友的悲伤，要送这躯壳上路；出窍的灵魂，也要告别，告别送行的人群，告别这即将，终结的躯壳，飘飞而去。

飘飞而去的呻吟，终于要离开红尘，只留下那灰，静静地等待，封存在另一个，另一个梦境的小盒，安放在肃穆的林园。尘世的另一个终结，出窍的魂依附在，这小小的盒。

祭祀的礼延续，基碑上刻着符号，记录一些密码，尘世与魂界的门，找不到虫洞，无法回溯，前世的尘缘，只有纸钱和明蜡，不时传递着，那千年的信息。

尘埃落定，一切平安顺利。

2017.09

红　豆

改变是痛苦的信仰，寂寞相望未尝不是最好的结局；默契是心的惦念，相守相依的是上天的宠儿；期待是一生的痛楚。

春风悄悄地蹚过夏的河；流淌在秋黄的思念，依偎在茅屋外，自个儿化作苞蕾，陶醉在摇曳的枝梢，慢慢变成，一串串红豆。

2017.09

你若安好

你若安好，便是春风十里，吹进了潮湿的幽谷，唤醒了花千骨，漫飞的桃花雨，沾湿了柳絮。

你若安好，便是太阳花，洒下的金光，浪漫绚烂的夏，醉了一池荷塘的菡萏，心在流光里飘荡。

你若安好，便是芦苇荡扬起的芦花，牵来山涧的芙蓉，捧着秋寒的黄菊。

你若安好，便是含冰的新梅，绽放的笑脸，悄悄流溢的馨香，是白玉兰，轻轻的一声问候，是一曲百鸟欢歌，隽永回肠。

2017.10

浮 华

　　满眼芳翠，镜中幽影飞花，瓷面娇娃，玉脂纤柔凌波，罗绮丝绣琼花，莺声细语，梦中呢喃，火树银花燕舞，旗袍锦绣未央，抹淡妆，骗过一夜流光，门前水晶鞋，静静暗叹，王子马车少了，一个跟班。

2017.10

橱　窗

独自看着，来来去去的人流，偶尔一个影子，窥视封在橱窗里，呆呆的模特，一抬手一驻足，刘海飘游，眼镜片七彩折射，背带蕾丝旗袍织锦，粉腮红颊骨透雍容。

橱窗玻璃恨不能戳破，梳妆台的思恋，玉簪流光一串，飞泻的思念，搅和了羡慕，定格在散发光华的，帘幕。

2017.10

暗 香 吟

　　傍晚，一股香气扑鼻而来。抬头望去，原来是我家院子里的两株桂花树开花了！兴奋的我不住喊来家人。看，我们家的桂花树开花了。兴奋得连连要拍照，要向群里发消息，急于告诉儿子和亲友们：我们家院子里的桂花开花了。搞得亲友们也兴奋起来，连问是不是要请大家赏花呢。我连忙邀请大家来赏花，并要美酒相待哟。是呀，赏花没酒，怎么能算赏花呢？因此要把家中的好酒拿出，好好地共饮一杯才是。

　　兴奋的议论渐渐安静，可那淡淡的幽香，越来越浓郁。以前还真没注意，原来古人描绘的暗香，竟是这么回事。坐在院子里的秋千上，静静地品味着，桂枝梢上飘来的馨香，突然领悟，原来这就是暗香扑面的感觉。

2017.10

浅 醉

秋凉催月醉，窗漏照无眠。揉碎残孤影，倾寒彻夜牵。

昨天早上的一首五绝，只是有感而发，却不知，马上应验，晚上一夜无眠。虽然没有浮想联翩，却满目都是你的倩影，犹如绿蝴蝶，飞呀飞呀，晃悠悠晃来晃去，一晚上，任相思苦苦哀怨。

屋外的天空没有出现月亮，也没有月光搅碎窗棂。雨滴，那淅沥沥的雨滴，轰隆隆打在雨棚上。满天的愁泪，重重敲着脆弱的思念，弄湿了羽枕。

人生的决断，只有情思最难判断，难以决绝。风在轻轻呼唤，而心痛依旧，不知道天亮了，思念会不会改变。

干枯的沙漠，有几棵绿树，星星点点，几点红霞缀扮。泪滴化成相思雨，飘飘洒洒悄悄地，滋润着芳艳。恐龙却搅碎了一个梦，露珠呆呆地挂在墙上，夯实的土墙，不时显露痛楚，化了妆的象牙倒插在泥里，颤动的手在触摸着，情感的伤疤。风的呼吸，透支残喘。倩影落照，笑靥如花似玉，仪态万方。拨动了天弦，引力波飞荡，哭泣的玫瑰，收起忧伤的泪雨，悄悄地期待，一声问候，一丝芳信。

2017.10

中秋情怀

中秋在中国人的传统文化里，有着深厚的文化底蕴。苏轼的把酒问青天，让文人骚客，望其项背。虽然很多时候举头望明月，也只能千里共婵娟。

举头望明月。茶香酒醇，诗词歌赋，丝绸罗锦，笑话段子；各人有各人的味道，却都少不了美食珍馐，摆上餐桌，围坐一团。洋溢的快乐，吹皱一池秋水，焚香邀月，又何必知道天上宫阙，今夕是何年。

红烧肉、桂花糕，孩童时期留下的记忆，怎么也挥不去抹不了。那个年代的清苦，塑造了这几代人的执着和勤劳。还想把这一美德承传，故而越来越看重中秋，让圆月婵娟万里，照耀四方。

中秋圆月，月圆年年，年年月圆。

2017.10

如 果 爱

很难真正理解什么叫为伊消得人憔悴。当感情升华，开始燃烧，你就会完全跟着感觉走，火焰会越来越大，不仅会烧灼对方，还会烧灼自己。相思也好，单相思也罢，日思夜想，彻夜未眠或半眠，就会成为正常的睡梦状态。

当然，人生若能有一次为爱燃烧，其实是一件非常幸福的事情。这里不会有任何虚假的味道，也不会期待一定要回报。当然，如果有爱的回报，这火焰就会升得越来越高，就会是一场轰轰烈烈的恋爱，让爱燃烧。

如果只是假设爱你，那可能只是一场梦。倾听风的呼吸，默契是心无声的思念；相守相依无法做到，无可偎依。如果只是假设爱你，只能远远地看着你的笑，无法分享你的快乐；如果只是假设爱你，只能看着你痛楚模样，不能为你抚平伤痛，爱你的心会更痛；如果爱而不能相守相依，无法体恤你的寒暑，当天空飘着雨，又怎么为你擦去泪痕，借给你温厚的肩膀；如果爱你，啊，不是假设，只有爱你，才不是梦。

如果爱你，如果火焰燃烧，有可能会灼伤过去，还会灼伤无辜的亲情。火焰烧灼会让亲情变形伤痛无可伤愈；会让湿湿的思念混杂着苦涩的味道沸腾。一切都无可救药，只剩下两颗相爱的心。如果爱你的代价不小，如果爱你，那就一诺千金。

　　将爱灼伤，是不曾想到的意外。还是让爱远远地相望，让爱的火种悄悄自燃。不要灼伤了亲情，灼伤了爱的思恋，灼伤了萦绕在心底的缠绵。

2017.10

雨　滴

　　天空中不总是飘着雨，就算总飘着雨，又有何妨，把那无尽的雨滴，化为无尽的思念，在雨雾中飘荡，飘向远方，飘入九霄，结一茅庐，随着云四处流浪。说不定一不小心就找到了归宿。

　　就算不小心，随着雨落入江湖，被鱼儿吃进肚肠，化为鱼肉；说不定渔夫把你请进了，日夜思念的樱桃小口，流入美人儿的胃口，钻进心房，一起脉动，分享着喜怒哀乐，悄悄地融入你的情话。

　　若是那雨滴，化为你的泪珠，带着你的忧伤，让你的思念化成漫天的飞雪，静静地飘入你惦念的小屋；纤纤玉指轻轻地把雨海捧在手心，感受到了爱的温度，悄悄融化你心中的忧伤。一滴滴露珠，凝成一片花骨朵，挂上枝梢。

2017.10

智能还是人工智能

智能一旦前缀人工二字，立即高大上。人工智能狗只用了几年的时间，就让世界上最强的围棋棋手败下阵来。

看来人工智能确实厉害，据说未来十年，很多人工智能将会替代人，轻松完成很多人类看来非常繁复非常深奥的工作，比如律师咨询，几乎可以替代一半的工作，出错率也由人工的百分之三十，减少至百分之十。看来律师这个很赚钱的行业，也可能快要衰退。

还有很多行业的人要下岗。这未来真是让人沮丧。既然如此结果，为什么还要拼命搞人工智能呢，就连文学创作，据说也可以自动化，一夜编出来几十万首诗，悄悄出笼，还印成了文本。写作这一个群体，也要风雨飘摇。只是不知道，那机器的诗，有没有人间烟火，有没有爱情亲情，有没有一丝丝心动和烦恼。语言的味道，还有没有风雨冰霜，风花雪月朝云暮雨，还会不会举头望明月，低头思故乡。把酒问青天，人工智能什么时候不让人类再思考。

一场梦，惊恐万分醒也醒不了，不敢醒过来，醒了也许就会失业；就要没有思考没有欲望没有希望，太多的没有了。人工智能，你可安好？

2017.10

春 风

　　你为什么走得那么快，无法跟上你的脚步，找不到你去了哪儿；你为什么寂静得，有些让人心焦，不知道你心里，有没有思量，那一道霞光；你为什么害怕，烛光里闪着泪花，天明前的黑，模糊了双眼，看不到太阳从哪边升起，又从哪边落下；天空会不会失约，洒下，绵绵细雨，泛起，一片愁潮；潮湿的心思念，干枯的枝丫，再发新芽，抖动的风轻轻扬起，紫翠红绿花浪。

2017.10

黄　昏

　　碧蓝的空，渐渐变得昏暗，昼夜交替的夜空，渐渐抹上一层薄薄的烟岚。天际刚刚落下的霞，恋恋不舍地消失。原野静瑟得有点伤心。

　　天空却没有空场，蝙蝠穿梭飞舞，趁着余光，凭空捕捉食物，一场竞技，不知这一场捕食，能否一顿饱餐。

　　笑醉了的星星露出了小眼，眨巴眨巴着不小心浸入湖中。紧赶慢赶的月儿，还是没能赶上这场嬉戏，一下子把碧空照个透亮。昆虫找到了回家的路，蝙蝠也只好回巢，休息等待，倒挂在屋檐，悄悄地偷听屋里传来的呢喃，美美地坠入梦乡。

2017.10

终 老
——读琼瑶的遗书

失去了自理能力，迎来了照料的困境，失去了健康，带来救治的义务。不能弃之不管，却不知道如何应对，才是真的为你好。

不管，有可能，马上就要别离，尽力施救，又可能给你带来更大的痛苦。不救有违你求生的念想，救治又会带来医治的伤痛。

到底怎么做，才是上天的安排，才是你的需求。无法面对的情殇，人类还没完全准备好，医治，还是自然终老。

2017.10

屋前小菜地

一小块竹篱笆围起的菜地，成了一块小小的快乐场所。每每施肥浇水时候，左邻右舍总是凑过来，一阵七嘴八舌，评论着绿肥红瘦。至于是否改正实施，却并不在意。笑谈中不知不觉施好肥，浇完水，大家各自回家忙活。这样的场景，经常出现，菜园里的菜，确实越来越像个样了。

白菜，花菜，辣椒，四季豆，茄子，八月豆，长豆，丝瓜，卷心菜，品种着实不少。有时自己也觉得不可思议，这巴掌大的地，竟奇迹般能种出这么多品种的菜。辛勤的劳作，犒劳了自家的胃，安心地享用了几个月。自家种的素菜，健康又放心。

有事出去月余，无心也无法照看菜园的菜。待把事安排妥当回家，菜园里已是花落叶枯，野草丛生。只有红薯叶和丝瓜，还顽强地争奇斗艳。也罢，真不忍把那些花花绿绿的小草、野花铲除，又种些其他什么。

其实这吃与观赏，缺一不可，是生活的两面，既可以有吃的，还可以观赏，关键还可以偷懒，只是少了聚会的场景，少了些许闲谈的机会。待这些花草凋谢，再来个旧貌换新颜，又可找回闲谈的味道。

2017.10

雅　俗

雅俗之争，自古有之。中国最早的《诗经》就是雅俗共赏，作者各自表达出不同阶层的不同趣味。其后影响较大的《离骚》，也有雅俗共赏的成分。俗，其实是民间艺术文化的需求不断发展而来，而雅却是文人雅士们雕琢而成，俗和雅代表了两个不同的鉴赏层面的鉴赏风格。

历史上很多人，曾经想把雅俗捏在一块，结果都没有成功。新诗在初创时成为救亡运动的一部分，同时外国诗歌的翻译体也成为新诗的主要参照体。文艺为民众服务，期求达到雅俗共赏。然而俗多了，自然雅就少了。新诗歌的艺术水准因此也受到影响；但是，整个群体的鉴赏水平提高了，更多的人感受到了诗歌的美艳，推动了文化的普及。诗歌惠及民众其实也应该算是一件美事。

雅俗是文化艺术的两端，中间分布非常广阔的地带。雅俗能不能共赏，这里面还有个受众艺术水平高低的问题。

对于诗歌创作来讲，到达文字寓意表达的边际，并产生人类思维情感共鸣，这是一个任务，有可能不会被大多数人理解。其实雅与俗并没有一个决然的分界，只是情感共鸣的针对受体不同。对于雅而言，更高的要求是语言表达艺术的边际与深度。

2017.10

尘　埃

当尘埃掀起，尘嚣满天，会激起乱象。一切都有可能脱离原来的轨道。自救与被迫，裹挟着剧烈的变幻，无法预测也无可挽回。

生命在无助中迷惑，情感在无序中无可偎依。

情感的细微，总是在不定的定位中，摇晃着摇摆着，在犹豫中清醒或迷惑。有若尘埃，无法把握自我。风醉的思念，无法邀请情感，在原野停留，只有那红尘，那滚滚红尘才是要去的方向。哪怕那是一个绚烂的未知，总是比阑珊更好。

银河迢迢，璀璨星空如海，魂牵梦绕牵不来星光。

微粒之光更无法璀璨，黯然的神伤，伴随着孤独游荡。可是那又有何妨。不要怕是尘埃，尘嚣过后沉下的，又可以回归。茅屋秋风，残月松竹，梅香暗暗，岂不快活。与红尘结缘。红尘客栈，是滚滚的思恋，羞涩的藕花。

地球是玉宇中的一粒尘埃，众生是红尘中的一粒灰尘；爱恋是一缕缕云烟，蹿飞在红尘里，搅和着一丝丝心动，挤兑出一杯杯苦酒。红尘中绚烂的耀斑，不时点亮心灯，愉悦的芬芳馥郁，荷尔蒙弥漫灵魂，忘却了赤条条来去，忘却了漫天飞雪。

　　飘飞的思念，随着尘埃，悄悄地等待，在幻梦中痴痴期待千年之约；十里春风吹拂，桃花千顷铺就，忘情相拥。

2017.10

家的感觉

家是中华民族文化最重要的情结。每年的主要节日，都与家紧紧相连。春节，中秋节，都是回家团圆的日子。一家人团聚在一起，其乐融融，家的温馨，家的安全感，带来了多少幸福和安宁。

父母在哪里，家就在哪里。回家的路，大都是赶去父母居住的地方。飞机高铁高速公路，汽车摩托车自行车，各自不同的方向，都回到同一个地方，那就是父母住的地方，那个叫家的地方。

工作，结婚，有了自己的家，可父母的家始终还是心中最温暖的家。回家的概念还是回到父母家。若是与父母同住，那是最幸福的。同吃同住的味道，真是让人留恋。就算偷懒了，父母也绝不会指责你，而是轻轻地责怪一句——懒虫一个。

一句暖暖的责怪之后，父母却要付出很多。你获得了依靠，回家有了避风港，有了一个可以倾诉不满倾诉痛苦的地方。在外面受了委屈，与人不愉快或闹了矛盾，回到家倾吐完，又变得新鲜活泼。

父母的付出是无私的，从来不会讲条件，从不期望子女的回报。当然，如有能力的时候，回报父母也是应该的。当回家看望父母的时候，父母的心是暖暖的。子女终于有了出息，能够自立了，这时候，父母也老了，需要照顾。然而，只要他们自己能动，大都会自己解决问题。他们只希望经常能见到子孙，感受到家的感觉。在父母那里，有子女探望，就是自己的家还在。

一家人空闲时一起聊聊天，上个街逛逛，到大自然看看风景，照照相合个影，偶尔到饭馆聚餐一顿，高兴的时候对饮一杯；过年时节，换季时令，给父母买点新衣服，添置一些必需品。父母的心暖暖的，子女们回家，这就是家，多好。

父母对第三代的喜爱溢于言表。吃穿住行样样都安排得周到，可不能委屈了孙子辈，把他们照顾得像王子公主，半点委屈也不可以有。父母的付出，让子女们减轻负担，安心工作，心里充满爱意与自豪，让家成为孩子们的依靠。

父母的病痛，不是万不得已，一般不会与子女说，免得影响子女的工作和家庭生活。实在不得已，要去医院了，才会让子女帮忙，到医院看病治疗。

当岁月留下了太多的坎坷，皱纹的褶叠充满了沧桑，光阴就要溜走，父母的心溢满了留恋与不舍。多想维持这个家，让子女有回家的思念，有回家的愿望；多想再多看看，看看这世界的风景，还会闪耀着多么绚烂的风光；多想留住，留住这光景，把这屋里屋外都照亮，子女念着这里有一个老头一个老太，看看老头老太的笑容，听听老头老太的笑声，查查老头老太的衣食住行是否安排稳妥。这样，这个家就还在，孩子们就有望头。

累了的父母，终于要离开，一个家又变成了几个家。岁月的味道又在这些小家里酝酿，一坛坛风味各异的新酒，悄悄地又酿成了，另外一个个家的故事。家的思念悄悄蔓延流传，形成了魂牵梦绕的思绪，连成一个个传承的环。

2017.10

忘记匆匆

　　上天造物匆匆来世，一次次的相遇，相熟或擦肩而过。而你陪伴了，一个孤魂在这世界里，摆脱了寂寞。

　　谁也不知道还会不会再遇见你，但愿今生你幸福安好。不知道再遇见是否还记得你的模样。但那又有什么忧伤，你的影子已在记忆里住下。不管秋冬春夏，花开花落的季节，你的倩影重叠在花的笑颜，描摹了一串串思恋的色彩，缤纷飘上水墨粉黛。

　　杏红梨雪桃艳，玉兰细语梅印暗香，绿绿风裳。燕来燕去，遍地金黄。双色芙蓉笑怪，却把牡丹揉进了风月无边的思念，醉了岁月醉了流光。

　　不要怪把花辜负，残夜常伴心碎泪流。风霜吹够，梅雨浇透，满地枯黄，却只能相与对目遥望。

　　一株小草，四季花絮，落幕斜阳，只想念那回眸一笑。

2017.10

红楼臆想

《红楼梦》里，晴雯似乎是一个可有可无的角色。梦一样的片段里，怡红院中的晴雯要活泼得多，本来就是伶官类似的角色，以讨主人喜欢，可晴雯总想争点什么，最终又没能献身。

尴尬的地位与所求的冲突，决定了晴雯的命运。除了离世而去似乎没有其他选择。

懵懵懂懂，染缸里待着却没有被染色，让世俗不可理解，但又何须理解？一个不肯屈服的梦，一场悲剧演绎，一个活蹦乱跳的反抗者，却终落得个干净。

2017.10

九 月 九

今天是登高望远的重阳节。现在外面还没有太阳，云烟一片。古人登高望远，秋游赏菊，抒发对时光荏苒的感慨，重阳节成了文人骚客们欢聚的佳节。或怀古，或怀人，或抒发宦旅之苦，各不相同，其实都为着一个，愁字。

其实又何必非把愁，叙述成一种哀怨，高兴的事多得不得了，就算说高兴的事，也要拉上愁来反衬，奇怪不奇怪。

只是九月九愁白了一个又一个，少年头。

2017.10

不 老

当时间进入倒计时，人生就开始不安。焦躁的心情会越来越糟糕。老想着，还有多少日子能健康地活着，祈祷不要有什么身体不适，让子女心焦。

老了，每天都是最美的时光，每一天都是最年轻的年华；岁月的皱褶在脸上，封印了一道道风景，沧桑不再是遥远的味道。

老了，不要害怕，船上有很多同伴，一起度过春夏。秋风虽然来得有些早，菊黄自有菊黄的风采，芙蓉花也绽放着雍容华贵，徐娘不老。

老了，拿起你的笔，记下雨雪风霜；留下你的倩影，漫游美好河山；扶协儿孙，建起新巢。一帮老哥们，对樽浅酌；一群老姐们，广场舞不要跳得太好。亲友们常常闹闹，大荤大油偶尔也来上一桌，感情比减肥更重要。

只要有一颗不老的心，就可以如少年一样无忧无虑，像燕子一样飞翔。只是不要透支疲惫的辛酸。一切都是快乐的旅程，让斜阳霞光万道。

2017.10

文学宿命

　　寻找突破是文学的宿命，可平衡又会悄悄地围起新的边际。文学的高峰跨过一个高峰，却不断仰慕另一个无法到达的高峰。期望后来者突破雾霭，找到攀登的路。

　　古今中外无可回避，外面的风吹得更急。吹吧，吹进来又会是另一番天地，激活新的思路。新文学的繁荣，撒下满天的飞花，载上无边的美梦，飘向一座座山峰。

2017.11

思　念

　　天气凉了下来，秋天已经快要结束。思念却在愈演愈烈。芙蓉花双花并蒂，犹如徐娘的脸，半素半妆，触动了忧伤。就要凋谢的拒霜，无法抗拒岁月的沧桑。皱褶缀满面庞。

　　思念拖着寒风呼啦啦吹切，想要冰封在冬天里冬眠。可那冰晶玉透的眉骨，却要化成梅艳，横枝满梢；让飞舞的雪绒花，沾上梅印梦幻般飘荡，魅影舞动一个季节。

　　西风傻了，不住地想把思念吹散，想吹开醉眼。越来越沸腾的相思，无法随着寒风醉醒，更无法冬眠。

　　吹皱的思念悄悄地等待一缕阳光，想再看看，那被东风吹开的杏眼。可东风已经累了，正躲得远远的，休养生息了几个季节，不与西风碰面。双燕也飞走了，又如何传递这相思，飞到另一个春天。

　　漂泊的思念，拖着疲惫的心，悄悄地伴着冷月，任寒风尘封。

2017.11

薰 衣 草

一片紫色的薰衣草，勾起了紫色的梦幻。无边无际的花海醉了无数个梦，无数个梦里的情影，醉了无数次念想。

紫色的思恋，坠入紫色的梦幻。随着紫色的尘风飘向远方，寻找紫色的风裳。悠悠的云，滴下紫紫的泪珠，染了一片紫色的爱恋，依偎在薰衣草的梦幻里呢喃。

无望的期待，融入风的呼吸；心心相印的爱情，化为馥馥的馨香，沾上紫色的味道，弥漫在夜空，等待爱恋的华光；流星划过天边的眷恋，拂照忧伤的香魂，渐渐沉入梦乡。星星悄悄收起泪花。

满屋子满院子满街漫山遍野弥漫的紫色的馨香，飘飞着寻找着狂追着那化为紫色的爱情，幻出大大的心影，挂上弯弯的月亮，轻轻地荡起，迷醉了一个个紫色的梦幻。

一双双彩蝶，翩翩起舞，述说着相亲相爱的故事。也许那是梁山伯与祝英台蝶化的思念，恋恋不舍双飞双栖，自由自在地游荡在梦幻的世界里，不舍得分离。

一帘幽梦，紫色的思恋，紫色的梦幻。

2017.11

岁月不老

岁月是流动的，除了四季轮回变更，岁月似乎是不老的。

四季的花开花落，让人们惆怅。似乎四季也会变老，初春是朝云，春暮春已老。四季迁移与岁月的变更，让人们把自己划为婴儿少儿少年青年壮年中年老年，对应着春夏秋冬的某个时节。

人们感叹物华更替却常去常新，而人的岁月却一去不复返。感叹人生易老，人生如梦，梦如人生。

岁月的老去，是一场比赛。青春年华是不变的精彩。老当益壮的晚唱流传了千年，岁月没有在夕阳下倒下，回头又牵来一个精彩。老去的岁月又在新的生命里延续着新的梦想。

岁月老去，几千年的脚步从未停止。尽管双鬓飞雪，仍然还是要敬意人生，让人生发出光彩。

岁月不老，也许老的只是心态。

2017.11

飘飞的桂花

树梢尖桂花渐渐落了。舍不得落下的花，也渐渐地干了。一个季节也随之过去。可桂花那甜甜的，还有些许腻腻的香味，久久缠绕在鼻尖，沉淀在记忆里。真想天天嗅一嗅这甜甜的腻腻的香味。

也有的把桂花糅进糖里，封存一定的时间，做成桂花糖的。到了冬天，在年糕、汤圆、酒酿里放上一些桂花糖，那缠绕在舌尖的醉人的香味，让你舍不得马上吃完，痴痴地细细地品味着，那一丝丝香得醉人的味道，慢慢享受着那一缕缕思念，那一季的欢颜。

我家小院里的两棵桂花树，每年也来凑个热闹。满树的桂花，藏在翠绿的叶底，层层叠叠，何止十二层楼。满树叠翠，满枝金栗，装点一树金灿。更让人恋恋不舍的是那屋里屋外的馨香，让人沉浸在天香楼阁，恍惚还真有天上人间的错觉。

这一季的思念，都付与了这桂花馨香。虽然那芙蓉花笑，菊黄纷染，可记忆的思念，相思的味道少不得还是这桂花香馨，怕是这一季的回味。谁让她是天下第一枝呢？

2017.11

别 绪

离别情思，绵绵不断。油灯阑珊，熏香炉冷。无绝期，彻夜无眠。别情占了古之文学创作的一大部分，酒因此成了别情的滥觞。

苏东坡念与其弟的别离，千里共婵娟。李清照的别情，却是两处闲愁。辛弃疾的别情是那人却在灯火阑珊处。姜夔的别情是刀也剪不断的愁绪。而杜甫的别情却是对寒士的愁思，化作句句珍珠，延绵不绝。

水天一色的王勃潜在雷州海峡，再也不登滕王阁。思恋黄鹤西去的李白，登上黄鹤楼也无心思作诗。还醉江月的苏东坡，却常常西望巴蜀，却终究没能回乡归隐。而归隐于上饶带湖的辛弃疾，怕春花开早，倾诉了几十年的复国之情。

离情最苦数李白，离了家人，还被君王抛弃，给了些许金银，去游荡四海。失魂落魄的李白乘舟将欲行，还老想着长安，欲乘风归去，天下之大，又哪里是归处，醉了的太白，走进了长江，与浮映在水面的月亮相依相偎，真正归了寒宫而去。

问君能有几多愁的李后主，载着一江春水向东流，别梦依稀，不知身是客。为伊消得人憔悴的柳永只好忍住，若是两情相悦，又岂在朝朝暮暮？只有辛弃疾还不忘君恩，要学圣贤，期待回归，欲射天狼，只是可怜白发生。

人有悲欢离合，月有阴晴圆缺，此事古难全。长亭短亭相送，亭边的柳枝又何止被折了千万条。千万缕心愁，断肠人在天涯，只有酒能解愁。可苦了解愁人，酒醒之后，望断天涯路，何处是归处。

面对别情，有悲戚，有哀思，有情殇。此情无极，此情无计可消除。以酒消愁愁亦愁，才下眉头又上心头。怕登高，不上层楼。

把酒问青天，此情何时了，归去，耕田？离情别绪太累太苦，还是让贺知章押上金龟，举头望明月，对影成三人。邀来明月，一醉方休。

2017.11

银 河 瀑

虚空漂浮的银河，带着一江的春水滚滚东流，漫天的思念，坠入梦幻的溪流里，寻找爱的方舟。女娲补天漏了一角，稀里哗啦漏出一壶琼浆玉液，倾泻在庐山三叠，万千飞花，飘飘洒洒洒下一瀑，疑是落下九天的银河，飞花洒露泻了一条白练，飞流直下三千尺，直奔龙宫。

震惊的龙王，无法判定发生了什么，急急忙忙邀了太白，潜入人间，求女娲赶紧找回补天石，把捅破的天堵住。女娲让李白去匡庐一游。醉了一壶老酒，蒙眼惺忪，看到破了的天空，银河漏了，直下九天。

吓坏了李白，赶紧诗信女娲，补天尚未完工。银河落下星云点点，众星醉在匡庐，流连忘返，人间怎比天上景色更秀丽，莫不是把天上的御花园搬到了人间，怎么也看不尽美轮美奂无边，搞不清庐山真正面目。却不知只因身在此山中。

2017.11

野 菊 花

　　秋冬是菊花各展媚姿的季节，也是作为四大切花之一的菊花大量上市的季节。

　　而我更喜欢长在路边荒野的野菊花。那些千姿百态的野菊花，大小不一，形态颜色各异。它们有一个共同点，自由自在，花枝任意伸展。

　　当你放慢脚步，仔细观察这些野菊花，你会为它们的顽强求生与自由舒展结合得那样完美而陶醉。

　　大红的、粉红的、玫红的、紫色的、黄的、土黄的；大的、小的；萼片花瓣的、纤细的；挂在茎秆上的、贴着地面的。总之，数不尽的千姿，道不尽的媚态，你会感叹造物主带来的恩惠如此之多，让人目不暇接，欣喜万分。

　　偶尔会在茶水中放上几朵菊花，那甘甜的滋味，那些微的苦涩，还有一股清凉的感觉，似一种沁人心脾的思念悄悄地融入茗香，流进心田。久久地回味那一杯甘露，让它慢慢融入细胞，享受着宁静与孤独。

　　与野菊交流着，也在思考着，提升着人生的品格。那一朵朵赤橙黄紫孕育着清净、高洁的性格。寒风中悄悄辞去的花季，留下了一季回恋，竖起一道风范，萦绕在梦魂里，那一片苦寒野趣。

2017.11

立 冬

　　枫叶染红了一片，飞舞在树梢，载着思恋，漂浮在水溪，寻找爱巢；水珠沾上衣襟，躲进跳跃的梦想，醉入雪绒花，飘飘洒洒，封存一个冬天的思念，等待雨雾蒙蒙的回恋；寒风冽冽，冰晶醉了，弄碎一江冷月。

2017.11

三 秋 恋

　　一日三秋，谁把相思抛。孤影缥缈，若惊醉醒，病酒狂饮；醉了一季的思念，悄悄把情话捎；悬挂太多的相思，缠绕在云端。

　　吹皱一池的秋水，无法把春风催醒，只好呆呆地让月儿漂浮在水面，装点寂静。

　　黄叶飞扬，柳絮哀伤。一季的风霜，悄悄爱上，露珠飞洒，爬上树梢，梦想印上梅艳，冰封出冰清玉洁的爱恋，吹彻北国，玲珑剔透的风光。

　　三秋一日，无法谋面的逍遥，漏了满襟泪痕，悄悄地等待，双燕回巢。

　　昔日飞燕，不知飞进了谁家；南方的燕窝，有几个旧巢。沾满血丝的芳泥，裹挟了多少相思，泪滴和梦，酣睡一个冬季。

　　武陵人找不到回家的山道，刘郎忏悔错过；桃花源飞过，一季花鸟。

　　三秋梦幻，西游花国。木叶无字，飞扬。

2017.11

相　思

　　最是堪折花开时，莫等花落泪淋淋。所以相爱的思念，应该得到眷顾；相思的风月，应该普照心田。

　　花开早了，就有凋谢的风险。春天来了，才是花开的季节。梅花孤傲，因为天气太过寒冷，折花人慵懒怕寒冬伤了心，无法释怀；牡丹太过富贵，只有命运闪耀的才子佳人才会最爱；还是桃花娇艳又不娇贵，适合思念悄悄蔓延。

　　不要让相思丢失在朦胧的雨雾里，找不到回望的路；不要让相思迷离在恍惚中，找不到北。

　　相思雨雾，雨雾相思，无边无际的相思，不知道如何才能分辨相思雨雾，相思苦海。

　　不要让风悄悄溜走，只想让风轻轻吹拂心房；在梦里留下风，不要让风受伤。

　　不知道风景会变成怎样，不要让泪沾湿风的衣襟，弄湿风的眼眶。一个人的风景有些凄凉，不要怕孤独的忧伤。

2017.11

岁月易老

岁月不老，这是年轻时的感觉。明天总是会比今天更好。因此也就没有太多地努力，任时光悄悄地溜走。

岁月亦老，这是中年后的感觉。可是正忙于生计，根本无法考虑其他什么，也就继续熬日子；时光荏苒，只是焦虑逐渐增加。

岁月已老，这是天命之年过后，逐渐意识到的感觉。特别是近些年来，这种感觉不停地冒出来，问自己，还想干些什么。

摇摇晃晃的岁月渐渐变老，终于要盖上封印。有些不甘心的思绪，想捡起儿时的梦，要做点什么。可又能做些什么？大家都对你打上个问号。

思前想后，只有码字的成本最低。于是，终于拿起笔，把码出来的文字投石问路，看有没有像岁月一样，已经变老。

就这样写着，想着想着，战战兢兢地爬上树梢。这岁月开始有了痕迹，爬在文字上，与自己对话。止不住地思念，天天想着，今天要码些什么字，告诉自己失落的魂在什么地方。一天不码字，那思念悄悄地等待，一溜溜字符歪歪扭扭地流淌。

岁月正在老去，可这回岁月不再迷茫。字符天天陪伴着岁月，岁月轻轻地发出微笑。原来岁月也只是看自己想把岁月放在哪个地方。

岁月不老，岁月在招手，让你拖住她，悄悄地说一说情话，把相思码进一格格流光，码入岁月那苦涩的味道。

岁月还是渐渐变老，只是不再犹豫，不再迷惘。把岁月码成一沓沓，酸甜苦辣锅碗瓢勺油盐酱醋，一缕缕思念，一缕缕爱恋，一缕缕阳光。

2017.11

追　风

　　追风追雨追了个空。风照吹，捉摸不透；雨在飘，打湿了衣襟，湿透了心愁。无影的风变幻着，出现在树梢，露出笑容，捕风捉影怎么跟得上风的变幻莫测。细细的雨丝，挂在叶底悄悄细语，怎么也琢磨不透湿漉漉的心愁。

　　风醉了，摇摇晃晃到处串溜；雨丝醉了，悄悄躲进泥里，亲吻着馥馥的相思，融入根的传说，找寻叶底的呢喃。

　　傻傻地思念，还在雨雾里，痴痴地等待，风的回归。

2017.11

梦 蝶

细雨打湿了粉蝶的羽翼，藏在叶底的蝶儿恍惚进入了梦境。

霁雨方晴，繁花似锦，鸟鸣蜂飞，粉蝶儿尽情嬉戏。悄悄地听着花的呓语。沾上花蕾粉艳的蝴蝶，兴奋地从这朵花飞到那一朵花，高兴的花也催促着蝶儿传递着花粉。

蝶儿舞动着漫空飘飞的花粉，连成了一串串爱意，思念悄悄从这朵花传到了另一朵花，花的爱恋芬芳四溢。

蝶儿游荡在花海里，绚烂缤纷的花海让蝶儿陶醉，呼吸着花香浓郁的味道，翩翩飞舞的蝶儿忘了回家，夜幕降临，蝶儿又悄悄地躲在树底，数着星星坠入梦里。

一个又一个梦境，醉了蝶儿的光景。有时会碰上化蝶的庄周，交流几段哲思。有时又碰上梁山伯与祝英台，随着他们游荡，感受甜蜜的爱情。

这粉艳粉艳的梦，尘封在冬眠的记忆里。

2017.11

初冬细雨

　　初冬细雨，有些侵肤的寒意。烟雨蒙蒙的路旁，霓虹灯透过烟雾，昏暗地照着稀稀拉拉的街道。

　　公园里水气升腾，笼罩着水面树底。往日拥挤不堪的环湖小路，显得人影稀疏，水雾蒙蒙。微风拂过枝梢，叶底的水珠轻轻地飘飞；柳眉轻轻皱起。水烟雾绕，轻轻地飘荡，滞留在水面细细地呼吸。

　　伫立庭前的朱子，默默地咏颂着梅词；细细的清流轻轻回流水雾云罩的一塘冷韵。昔日欢悦的锦鲤，沉入湖底，低吟着朱子吟诵的佳句。

　　路边树梢落下的黄叶，悄悄地呢喃着，准备化入香泥。一不小心又被风吹入湖里，沉醉地分享着寂静的思念，随着水雾升腾。

2017.11

冬 思

初冬的天气是寒潮一炸一个激灵。一阵冷空气，就将气温降低几度，旋转的风不停地吹动，轻轻地割着肌肤，不知不觉中，把皮肤的水分带走，干巴巴的味道，悄悄地，一丝丝地爬上脸皮，扑向手心手背。

虽然可以抵抗一下，把手放在口袋里，可脸还是会被这寒冷的风潮亲吻。寒风有些刺骨，公园里走路的人还是挺多，跳广场舞的大妈们跳得正欢，越是寒冷越是需要锻炼，健壮的身体健康的心理状态，是最好的抵抗方式。

勇敢挑战才或许是在抵抗，让寒冷逐渐加大吧，健康的生活方式，可以锤炼意志，锻炼体魄，再大的风霜雪雨都可以扛过。

迟钝的思维有些慵懒。文思无泉涌，只有这几个蝌蚪字，在悄悄挪动蔓延。心里的寒意渐渐沉重，只是希望不要结冰，冻伤了情感，怕会泪雨涟涟。

2017.11

雨　夜

　　窗外的雨下了一晚上，和着泪讲述着一个令人感动的故事。不尽的思念悄悄地等待，雨滴不停地打在雨棚上，放大了雨的印记。叮叮咚咚的味道，敲击着心灵，让思念飘飞着，幻化为雨雾，在雨夜的空中飘荡，尽情地哭泣。

　　寒冷的风漏进窗帘，浮动的思绪湿湿地亲吻着飘飞的花絮。一闪念间的碰触，闪耀着绚烂的幻境，时间凝固在树梢，烙下一摞摞梅印。满坡的烂漫，醉了叶底的幽魂。飞泪挂在眉心，化作晶莹剔透的润玉，傻傻地缠住，欲滴的珠露，把暗香嗅够。

　　馥馥的泥香，收藏着花馨；迷醉地坠入根底，酝酿着春的花序。

2017.11

雨后黄昏

雨后的黄昏，天空悬浮着低矮的浮云。静静地窥视着，准备清洗未洗净的脸孔。

厚厚薄薄的层云，张着各种面孔，盘算着是瓢泼大雨，还是蒙蒙细雨，把脸上的污垢悄悄抹去，偶尔打湿衣襟，湿了鞋帮。

抚摸入住云霄的层楼，邀请云端的贵客，享受着云霄上的自由，月亮照样东起西落，繁星在银河里繁忙泅渡。流星雨扫过，长长的尾巴，留下相思的愁绪，盼望鹊桥快快架通。

只是苦了云中的骚客，不知往下还是往上；或是借一个热气球，爬上云的顶峰。云雾悄悄地，把思恋掏空。

2017.11

冬　眠

　　一阵挨着一阵的雨，迫使着天气一天天更冷。苒苒物华休，拒霜，菊花渐渐凋零。草木萧瑟，雁字南飞。冬眠成了最好的选择。

　　乖巧的寒蝉早已蛰伏。农夫也很少会见到冻僵的蛇。飞燕早早躲到了更南的窝。只有人，无法选择南迁或是蛰伏。凛冽的风吹皱冰肌，人们求助于貂裘。冰天雪地泼水成冰，干脆把貂裘裹满头和手，只露出两个鼻孔一张小口，两个眼珠子黑不溜秋。

　　路上行人渐渐稀疏。只有公园桥边那纵横交错的枝头，悄悄地发芽，不管不顾地开苞，尽情地绽放。一股股暗香浮动着，蔓延着时不时飘入思念，醉了心房。

　　一任玉龙吹彻，那梅花微笑着冰封在珠玉里，撒下星星点点满树笼。一树的相思，人影萌动的思念，悄悄徘徊在那暗香流淌的幽径。

　　令人伤感的媚艳，傲骨清高。吹彻的笛咽，伴随着一片片芳心，暗许来年，还来风骚。只有那些，冬眠的梦悄悄地，送走梅雪，等待醒来的东君，又唤醒苒苒物华。

2017.11

寒　潮

凛冽的寒风刺骨，又要来一个寒潮。轻轻滑过的寒潮，吹得心发寒，结出一层层冻霜。

木芙蓉憔悴的脸，渐渐消失。破损的菊黄还在顽强抵抗，又消得几回憔悴，大地又会一片萧瑟。

雪花飘舞，冰封大地，只有暗香浮动，疏影横斜，那一点风光，印在树梢。

2017.11

风 寒

一夜寒风吹彻，气温下降了不少。冬天在一阵阵寒潮中，被封存在雨雪里。逐渐加厚的衣装，流动着塞满各个角落，臃肿得不知道如何减负。北方的空气开始逐渐变得混浊，雾霾控制着心情，呼吸成了一个危险的念想。

湿漉漉的南方，刺骨的寒风侵袭着水嫩的肌肤，任凭裹得再严实，无孔不入的湿气还是会吹得人寒战。泥泞的道路，让行走变成了秧歌，广场舞千姿百态，从早到晚扭动。

无数冬天的念想悄悄地编织着一个个梦幻，滑雪溜冰开鱼节，冰灯的世界绚烂迷幻，王子和公主即将偶遇，上演一场轰轰烈烈的爱恋。只是很少有人登高，享受那千里冰封万里雪飘的壮丽景色。

天空中飞行的游客只能欣赏无边无际的云海，另一个世界壮观得让人流连。只是太过寂寞，不是久留之地，也许只有不食人间烟火的仙女，才能欣赏这寂静带来的安适。

难怪刘郎会匆匆回到人间，仙境虽好可没有那一桌珍馐，那一锅热气腾腾的美味佳肴；没有动漫没有电影电视，没有手游，没有各种花样翻新的娱乐，没有麻将。还是人间好，亲情爱情友情，一大堆情思塞满了大脑，不够用就用手机电脑记忆操作。书信却逐渐消失，再难看到优美的情书，在心中缠绕。

还是人间好，虽然有点寒冷，可是人间有思念有情丝有迷惑，还有好多好多千奇百怪的体验，熬过冬季只是分分秒秒，更何况那梅花在等待。梅花三弄的思念，悄悄地飘入梦里，思量了一冬，躁动着飞舞在断桥边，水溪旁，山谷里，小花园。

与冬相伴的，还有如影随形的思念，还有文学，还有诗歌，还有远方。

2017.11

银 杏 黄

银杏树叶金黄金黄，一阵寒风，金色的黄叶稀疏落下。点缀在小路上，金灿灿的。

飘了几亿年的银杏，见过了无数沧桑，听风听雨听雷鸣。见花开花落，看火山奔流，沧海桑田。蹚过了几度洪峰，浸润了几回泥浆。活过了，成了活着的化石。

一个梦让穿越成了现实，见过了风霜刀剑，更安逸于悄悄变成慢性子，慢慢地再看几亿年。

不管别人喜欢不喜欢，银杏树还在装点着这个世界。

不同的季节，变换着不同的角色。不同的角色演绎不同的思念。风吹的时候，沙沙作响的呓语，不知道在回忆什么情节，是冰川融化还是火山爆发；苍老的皱纹，满树披挂，扇形的徽章，又逐渐走遍全世界。漫飞的思念穿越在，变形的空间。

不知你看到了什么，关于人类的世界，只是默默回想，查找基因里一个短片。

2017.11

思 念

　　思念在风中飘摇，凛冽的寒风刺骨，似乎要把相思吹散，吹散一个梦。

　　不惧风寒的思念悄悄蔓延，寒风无法吹散思念的愁绪，冰雪无法冰封相思的眷念。心底的思念越来越强烈，虽然距离越来越远，眷恋却不知不觉在重生。

2017.11

不　变

不变的思念，随着寒风飞舞，带着你远去的魅影。花开花落的季节，跌落了一串串相思雨，打湿了风裳。

炎热的夏匆匆忙忙送走了一池荷塘，却没有留下约期。秋雨又噼里啪啦下个不停，冲淡了眉黛，悄悄带走了秋的思念。

寒风卷起，一阵一阵降温，雨雪侵蚀着，相思的眷恋。漫天的雾霾遮蔽了视觉，找不到爱的倩影，迷茫挂上了树梢，瞭望着，那背影飞去的方向。

微信划了一屏又一屏，没有听到叮咚叮咚的回响。飘飞的思念被封冻在冰晶里，成了思恋的雕像。

不变的情怀，会在沉默中渐渐消失。会被风吹皱吹散吹得千疮百孔，会变得不再相识，更不要说曾经相思。

情感需要交流需要沟通需要拉近距离。时间与距离会让情感消磨消失。从不变到渐变到彻底结束，一切也就无可挽回。

不，不能让情思情怀随着时间流失，要让情丝滋润光滑，让思恋不断缠绵，让爱恋火花四溢，让爱重新发出光芒。

2017.11

107

归去来兮

　　风吹雨打的天气，渐渐占据了日子，让人心情沉闷不乐。气温骤降，冬装不得不早早穿上。菊黄已一片片地谢了。那金丝般的菊黄落满花径，让人不忍踏去。且收拾起，且收拾起落花，可谁也没有林黛玉那般葬花的心境。且收拾起，让花寻找根去，以便来年，又可以看到伊的踪影。

　　花开花落终须去，春去去，春来来，去去来来，归去来兮，花魂飞满天，飞到天尽头，化为相思泪。

　　风萧萧雨未歇，是那泪滴滴答答述说来告别。一夜不绝。多少话未倾诉，倾诉了多少情丝，情意绵绵。

　　打湿了芳心却难暗许，那一边玉龙吹彻，梅印翩跹，暗香疏影涌动，梅萼悄悄编织着另一个，另一个粉黛蛾眉的故事，让潇湘又要忙上一个冬天。

　　且收拾起，且收拾起落英满天。不要打搅那个脆弱的思念，让花魂悄悄地融入香泥，等待来年。

2017.11

夜　思

　　夜静静的，寒夜寂静得让人发怵。冬天的深夜，沉浸在冬眠里，思念也凝固在空气里、泥土里，飞荡不起来。遇上冷冷的钩月，月儿无精打采地擦一把脸；看看星星，醉梦中的星星眨巴着眼，失去了光彩。只有风儿刺骨，好像要吹破肌肤，装进皮囊和思恋一起荡漾，荡漾在无边无际的荒野。

　　不知道那份思念，是不是也在荡漾，可不可以在这寒风凛冽的夜遇见。不知道这样的遇见会是怎样的场面，相拥还是泪雨涟涟。太多的思念悄悄蔓延，想让鱼儿带去话儿，可鱼儿沉在水底说没有听见；想让鸿雁带去金笺，鸿雁笑说老土，现在已经没人需要传书。

　　鱼儿不知道那份思恋是不是也在荡漾，尺素不知道送到哪儿。鸿雁不知道那思念已泪雨涟涟，看不清那金笺上的情话，也听不见微信的缠绵。那思恋失魂落魄，满街寻觅另一个失魂落魄的思念。在等待春暖花开时候，看有没有可能挣脱冬眠的拘谨，拥抱另一个春天。

　　另一个春天，当飞燕归来，要好好盘问一下，是不是带回来了信言，那一边为什么没有回复；是思念睡了，还是醉了，闲愁托付不了樽前。弯弯月西沉，星星醉眼蒙眬，困得睁不开眼。疲惫的思念，悄悄的，泪珠满脸，天涯何处有芳草，载着思恋一起荡漾，冬眠。

2017.11

孤　魂

　　两个孤家寡人，抛弃了一切。两个孤魂，悄悄地等待黎明。

　　岁月并不如想象那般，孤独困苦也会侵蚀爱的思念。爱的思念悄悄地哭泣，哪里有桃源，可以不用顾及周遭一切？

　　寒夜凄清，寒风刺骨。寒冷的味道侵袭心痛。

　　最让人幸福的是爱情，最让人痛苦的怎么也是爱情？不一样，天上人间。

2017.11

赏　菊

菊花是中国的十大名花之一。赏菊是中国传统文化的重要构成之一。昔日，重阳节登高望远之外，尚有赏菊；人们要戴花，饮菊花酒；把菊花做成茶饮料的习俗，也流传到了今天。

秋天踏秋，人们寻找菊花的踪影，品尝菊花的味道，欣赏菊花的美；黄色的、红色的、紫色的，一丝丝、一片片，千姿百态万紫千红，装扮了一个季节。

赏菊，偶遇亲朋好友或美女俊男；赏菊，欣赏美艳，成了又一道风景。

回眸一笑百媚生，是花，还是人的笑容。赏菊成了一年一度的节日，凛冽的寒风渐渐把菊黄吹得憔悴，吹到落英缤纷，牵来梅影，才会收场。

可思念悄悄地留下，浓浓的菊香，流淌在杯中，沁润心田，勾起另一份念想。

2017.11

流　星　雨

　　流星雨悄悄划过，留下一长串记忆。明星圈的位移，新面孔不断，更替成了常情。蓝黑蓝黑的夜空，弯月无奈地看着流星的璀璨，眨巴眨巴的小星星在想着哪天，也变成流星。

　　天空中眨着眼睛的飞机，慢吞吞地挪动着，似乎也想学一下流星的样子，可那慢腾腾的样儿，怎么也做不了流星，尽管那里头说不定明星满座。

　　流星闪耀着光芒，尽管它只闪耀短短的一瞬。流星雨的思念，不知道飞到了哪个角落。静静的荒野有太多的诱惑。游荡的思念，要倾诉的是流星的风采，还是一瞬间就消失的苦涩。那思念悄悄地爬上树梢，在寻觅另一个梦。

　　明星梦不时搅动俊男靓女们的神经，流星般划过的星云，不时亮出新的灿烂。一波一波的明星雨，掩盖了一阵阵酸楚，梦断蓝桥的憔悴，咽噫着匆匆流过，没有光华和鲜花，只留下抽泣的泪。

　　匆匆的流星雨闪耀着飘向天际，飘向一个没有雨珠的雨季。

2017.11

雾　凇

当水雾在微风中飘摇，冰枝悄悄地捕捉着雾霭，凝固在枝梢；满树的触须，慢慢生长，渐渐裹满整棵树冠。大自然的造物奇迹，奉献出了奇绝的美色，朦朦胧胧的雾凇悄悄地等待黎明的曙光。

一江飞泻，雾罩升腾，伫立枝梢凝眸，满树触须生长；六角冰花缀满，朦朦胧胧的雾凇，那笼罩在升腾的雾霭里的奇观，透过红日慵懒地照耀；细细的雾凇折射出无数光环，散射出七彩的光晕，笼罩着树冠，洒下一道道金光。

迷幻般不知道身处何方，幻境般迷离的感觉，迁移着思绪，绕上这变幻莫测的晨光。霓虹渐渐淡去，送来一抹阳光，渐渐碧蓝的天空，映照着清凌凌的雾凇，洁白得让人窒息的纯洁，晶莹的思念，悄悄烙印在脑海，那一刻，世界是多么纯洁美好。

时光在雾凇间流淌，那落幕斜阳也要凑个热闹。有些沉醉的夕阳，就要告别这世间绝境，恋恋不舍地拉上帷幕，衬出一幕黑黑的底色；那雪白雪白的雾凇顷刻间，化成一朵朵巨大的冰花，开满了荒野，坠入了梦乡。

一个季节的思念，都在诉说这魅影流淌的幻境，是人间仙境还是仙境落在了凡间，一个梦回牵绕的相思幻梦。

2017.11

人　性

人性的弱点，是人性恶的表现。不管爱还是不爱，人性恶都会将爱磨损。

不要相信爱可以冲淡一切。爱的力量不能解决一切。无情的破坏，有时候会产生意想不到的难度，思恋会在风雨飘摇中悄悄溜走。

脆弱的思念，没有太多的免疫力，风雨会悄悄地把爱恋冲走，只留下无奈，还有相思的痕迹。

不要寄希望于暧昧。暧昧是爱的病毒，会把相思毒害，变成边缘的毒瘤，让崇高玷污，也会毒化心灵的纯洁。暧昧只是一个替代品，让爱腐化变质。

还是悄悄地把爱包装，远远地相思相望，等待上天的安排，让爱静静地升华。

2017.11

四季随想

悄悄地等待黎明，黎明却随着夜一起藏躲。长夜漫漫，思量随风飘浮。那养出的春的色彩，被寒风吹得，七零八散的思绪，被封存在，晶莹的水晶中；云朵落下，挂上枝梢，星星点点，孤独地绽放；眉梢眼角不时皱起，远处东风，悄悄吹起玉笛，满天艳雪又落下，一个幽梦。

梦中编织的四季，错综交替，春色无边却愁绪万千，梅雨漏穿，衣襟湿透。和风艳丽，菡萏娇羞，一阵暴雨吹残翠绿，荷叶上滚落泪珠。待把秋养成春的色彩，却是拒霜双靥，一日三秋。

梦中四季，怎么也无法顺序花开花落，一会儿开了玫瑰，一会儿又落了梅艳，一会儿绽放了牡丹，一会儿又满地菊黄。

飘浮不定的四季犹如飘浮不定的思绪，不知道什么时候驻足，凝眸树梢尖，花信的思念，一季又一季的无奈。

2017.12

养 秋

想把秋天蕴养成春天，可秋风还是吹下落叶，残损的翠色拼命地想赖在枝梢，可一阵一阵的秋雨，直接把秋凉推进冬的冰天雪地，让秋凝固在思念里悄悄泪雨涟涟。

叶底下的呓语，滚落在溪涧；燕子回时忘了要把这呢喃细语传到远方；大雁来时却没有太在意树下的只言片语，更没带来更多的思念。

无法解开的连环，不能轻易敲碎。无极的变化多了心愁，无端地风雨飘摇，寒风凛冽刺骨，凉了一季的思念。

原以为，有太多的原以为都只是虚幻。幻梦太短，一晃就到了终点。下车上车的味道，变幻了千年，只落得花开花落空悲切，物华冉冉四季自悠闲。

2017.12

浮　云

　　这世界到处都是浮云，可谁又能超脱。拖着疲惫的躯体，梦里笑哭。

　　不知道天空为什么一会儿晴，一会儿乌云压顶；人的脸变化得更快，一边是花脸，另一面又是笑颜，搞不清哪面才是真的，或许都是化装舞会留下的装扮，来不及卸妆，又画上了另一张脸谱，以应对这飞快变化的情感，爱永远停不下来的蜕变。

　　厚厚的盔甲，把爱悄悄装点。看不清到底是爱得太多，还是不忍爱。一场戏一场梦，死去活来的味道，纠缠了一个秋月又连着一个冬寒，岁月在愁怨里老了思念。爱悄悄蔓延生发着新芽，等待下一个春天。

　　或许这春色永远照不着这盔甲里的思念，可这又有何妨，只要看到春的颜色，悄悄地牵一缕阳光，装点在眼前，拖住春的味道，不要让春走得太快。

　　物华冉冉物华休，轮回着悄悄带走春的思念。让心悄悄跟随着岁月，不要停在过去的留念，与岁月同住，装扮一个又一个季节。爱着，才是最幸福的感觉。

2017.12

游　离

　　思绪无序，在神经元中穿梭，飘摇幻化另一个虚境，轻轻地飘飞。

　　漫野的花海，张开巨大的笑靥；飞进花蕊，停留在花蕊上，痴痴地亲吻花的芳心。暗暗花香，沁人心脾。吸食着花蜜，甜甜的滋味，悄悄游荡在全身，细胞壁也张开，拥抱着这涌动的爱恋。

　　浪漫的星光熠熠生辉，牛郎织女的相会，感动得星雨飘飞，火树银花的碧空，摇曳的两颗心在脉动，脉动的思念悄悄蔓延，缠绵在夜空里，隐藏在若隐若现的星云里。

　　一场梦萦牵绕的独幕剧，悄悄地融入飘曳的雨丝里，雨滴打在雨棚上的音节，似乎在引导梦里的脉动，组成一串串音符，不断跌落在泥里；馥郁的泥香，似乎想说些什么，可那焦急的呢喃花语，不知道是在说着思恋，还是在说着春天的故事。

　　无法解开的呓语，不知道在期待着，还是在热恋中，湿湿地融化在雨雾里，弥漫在虚空。

2017.12

梦　魂

一场幽梦，一份情谊，一个故事，一种思恋，卷起一阵阵雨雾；扑面而来的思念，化为翩翩蝴蝶，化成漫天的飞雪，晶莹剔透的雪花幸福地飘哇飘哇，覆盖了厚厚的一层又一层，似乎要给大地铺上棉被。脚印一直通往远方，没有停下的意思。不知道在寻找还是在奔向冰川，远去的影子已虚无缥缈。

飘飞在梦里的思念，不知不觉中又回到梦里。蓦然回首，白雪皑皑的篱边，几点红艳，醉了一片腮颊，似乎凝眸伫立在风雪中，在等待什么。婀娜多姿的倩影迎风傲立，绽放的花朵漾起笑靥，淡妆浓抹的黛墨，怎么也描绘不出这素颜的神韵；暗暗的馨香，透出绝世的傲骨。

在这极寒的夜空，谁还能说苦痛，生命的真谛就在这傲雪凌霜的壮观景色中，一幅绝美的图画，是人生的图解。

难怪古人在风霜中总把相思赋予梅艳，延续了几千年的思念，暗香透骨疏影横斜，怎么也赞不够。这神韵流光熠熠生辉，也已然悄悄渗入骨髓，成了中国人的风骨，是中国人的底蕴。真不辜，这天下第一冷艳的美名。

一夜的雪什么也没说，只有融化在雨棚的相思在悄悄地低语；滴滴答答的思念，飘来飘去，随着寒冷的风飞到远方，寻找爱的芳草地。

　　漫空的游思，躲在黑洞里，黑洞里藏有通向平行世界的秘密。也许下次路过黑洞，就可以找到另一个自己，冰封在镜像里的相思。

2017.12

遐　思

在秋的夜空凝眸，借着星光传送流言，电波飞梭，一对对，一联联，一诗意，一词语，畅惬快意地交流，不想太多，简单却无比快乐。把秋凉养着养着，渐渐地养成了一个春，春暖花开时，满眼花红翠绿。三秋已暮，春意虚幻。

只是诗情画意陷入太深，却忘了寒潮已至，未在意时已染风寒不轻。黄叶飞扬，柳絮叨叨，寒风凛冽。单薄的春衫无法抵御寒冬的到来，只好默默无语，泪盈盈，悄悄飘离，飘离那花海幽谷。

裸露着飞奔着思绪万千，错了的心痴碎了，却无法再精致地拼起；寒窗漏进的风太大，思绪无法理清。裹挟着冰沙的思念悄悄地等待黎明，可长夜漫漫，飞雪双鬓，已没了坚忍；脆断的琴丝，接也难换也难，悄悄落满灰尘，隐约又在低泣。悬丝问壶却醉了，醉了漫天的飞絮，陪伴着花飞花开，还有那悲戚的子规啼。

养了三秋的秋凉，终于冻成了冰，梅枝却还未开，暗香未溢疏影未横斜。只有玉笛吹彻，泪雨涟涟。那春风十里又有几个轮回，风萧萧兮易水寒，白发欲唤少时梦，梦里拼碎心。

　　一个故事还没开始就断了。风吹散了许多遐思，带走了许多言语。也许这些呓语也只是呓语，本该无须存在。干干净净的味道，错了约期的味道，混杂着飘飞着，碎了的心怎么也拼不了；痕迹斑驳，再精致优雅，也累了困了还有很多恨意，左手放下了右手又揣着。负了春光负了三秋更负了泪滴。

2017.12

流 星 愁

似乎又是一阵流星雨。璀璨的星空不时有一道光划过，人们不时仰望怀念，更卷起一阵又一阵闲愁。

春光易逝，容颜易老。这片土地群星荟萃，创造着这世间的千般美好。带来了一片天籁，寻找着心中的飘摇。

爱的思念悄悄蔓延，慈悲情怀抚摸着痛楚。冰凉的红尘，多了温情与云裳。孤独的夜，时不时流过星光，照亮了一程黑暗。归去来兮，又会有新的星光，追逐着照亮远方。

一溜溜绚烂，穿起一串串珍珠挂在桂冠。凝眸的深情缀满花环。注定的是辉煌，通往顶峰的道路流传着一首首歌谣。

2017.12

冬至暖阳

　　随处萧条庄重，依稀可见，秋色丰盛残餐，飕飕寒风染尽了，冬的颜色；寂寞与单调，跳出了彩色板，阳光钻过指缝，漏在脸上，暖暖柔柔。

　　阳光抚摸潮湿的身体，暴晒驱散积郁沉闷，笑颜写在脸上，暖阳梳理，思绪渐渐沉淀。

　　金色太阳碧蓝天空，黄灿灿阳光，融化了融化了，冰冷的心愁，举起的手指，想触摸，我的太阳。

2017.12

边 框

　　眼神在抑郁中飘摇，心愁在等待黎明的曙光，落在路边的思念，不知道飘向何方。

　　静静的夜只有星星，眨巴着泪光，半钩玄月无语，光溜溜的枝丫，沾满露霜，风凛冽地吹拂，卷起绿裙裤袜。

　　一件旧披风，呼啦啦掀起盖头，青丝遮掩腮颊，只露出些许残妆，一幅美人画，楚楚动人挂上，眉梢。

2017.12

来兮去兮

　　嗟呼，有生有去，人生皆然，有谁能避？天地造物，物华冉冉，一春一秋循环，未能春长驻。花开花落，春去秋来，春华秋实，历尽沧桑，物华有情，必当泪流。想来杨花飞雪，梅艳暗香，未知飘落多少伤心泪；杏眼回眸，桃花顾盼，辜负了多少人间情愫，更有琼花惊艳，独有情迷？盖世间，情有独钟，乃人间风情万种。父母之情，兄妹之义，子女宠爱；男欢女爱更无限朦胧。

　　爱无极，三生三世能续；情无价，千秋万代不绝。海能枯石可烂，人间情丝延绵不断。

　　高山流水无情，伯牙子期有意。心灵相通，乃人间美意。阖家安康，亲情相守，乃家能延续。新生老去，故有天华，才能新发。

　　送亲别离，泪洒江天！一杯浊酒，还酹堂前。一路走好，父亲大人！叩拜，再拜，三拜！

2017.12

2018

岁月随想

天空寂静，路灯绚烂，汽车噪声轰鸣。空调呼呼旋转，思绪被搅得七零八落。长长的思念悄悄蔓延，天涯海角却再也不见。

童年的欢笑，少年的梦想，青年的意气风发，中年的迷茫，知天命却还是无法自拔。

如梭岁月转眼即逝，又有多少似水流年，悄悄带走了多少忧伤。多少无眠暗自流淌着苦涩的泪珠，冲刷了多少流光。

岁月总是不停地飘荡，不会理会焦躁的心痛，更不会停下车等待步履蹒跚的脚步，梳理纷乱的留恋，这世界虽然不堪，可谁不想拖住时光。只是航线老是偏离航向，不是总让人欢畅。冰凉的味道，冲淡着欢声笑语，不和谐不好笑不理想，猜测怀疑中伤。这世界总是在哪里出点问题，找不到理想国的门，更何况门外还围了很多的贪婪。

那天空偶尔露出的星星，不时透露出忏悔的秋光，一闪而逝的流星，闪耀着闪耀着飞向太空的另一边，那个远方。

2018.01

立 春

冬天终于过去了，春天终于来了。可天气还是冷得要命。好像又有了小时候结蝴蝶冰的感觉，可终于还是没有结成蝴蝶冰。前两天满地的霜冻也不见了踪影，也许真的听见春的脚步？只是树梢尖还没见嫩芽。春只是悄悄叩了叩门，她不想那么早露出笑脸。

今年的冬寒是人们不曾预料的，大寒时节，还暖暖的，人们以为又是一个暖冬了，哪承想铺天盖地的寒意，挥手就让北国来了个极致的冬天；松花江冻得不能晃荡，满树的雾凇勾起了几多相思。

蓝天白云经常挂上天际，踏雪寻梅的脚步遗落在花径，满袖暗香珍藏了一季的思念，悄悄流淌在梦境，玉龙吹彻，如泣如诉的味道，凝眸一笑醉了，过客。

2018.02

精　彩

老看到别人说，要活出人生的精彩，却始终无法想通，什么才是人生的精彩。

也许是自己的生活太过简单，没有多少颜色，素面朝天的苍白，没能拿起画笔画上人生的色彩，可我没有太多紧张，更没有太多奢求，只希望自己能够自娱自乐地学习一些自己喜欢的东西，于是便拿起笔涂鸦一番，以满足自己少年的梦。

不小心踏进一个陌生的王国，踏进了还想继续往前走走，似乎真的找到些什么，可又有些浅薄和恍惚。前面没有路，还有太多的陷阱，也有一些未可知晓的风险，更有许多的迷宫。

谁也帮不了自己，只有自己努力才能走到哪里算哪里，尽管有可能走错了方向，有可能走进了死胡同，可不足惜，不后悔，不改变计划，因为这是一生的选择。努力过了，虽然知道可能无法找到终点；努力过了，这才是最重要的选择。

2018.02

三亚随想

椰子从山坡滚落，直落海滩，凤凰花应接不暇，滚烫的思念，三角梅暗暗，乐开了花，嫉妒的野花，乘着东风悄悄绽放，睡莲沐浴在星光里，散发着幽香，海棠醉了，羞涩的雨林兰花，缀满风裳，挂上枝梢的笑靥，漾起一片风骚。

扭扭捏捏的雨滴，留在东边，西边的日落，照亮了渐渐退去的，晃悠悠的风潮，细细的海潮声，闲言碎语唠叨，一个故事破碎，又捡起另一个梦，悄悄带去远方。

落幕的星空，孤独的思念，在黎明中，消失得无影无踪。花花绿绿的喧闹中，魅影又会被装进，一个个满意的笑脸，流向四面八方。一个意象几个符号，把海角拔高，把天涯拉近。海阔凭鱼跃，鱼却去了，南海渔场逍遥。

焦急的心绪，恨不能马上，前程锦绣满港芬芳。只有观赏的眼光，溜达着一拨又一拨，碎片剪接起，无限风光。

2018.03

春 变

只要不下雨，傍晚在紫阳公园走上几圈，已然成了生活的一部分。外出了十来天，又到公园漫步，突然发现，公园已不是走时的模样，一片姹紫嫣红。春天的思念悄悄挂上树梢，落在草地，换了新装。一树桃艳，几株羞棠。

一块块嫣红，一簇簇嫩黄，一片片云紫。醉了眼眸，触动了心痴；清新的呼吸，透进了心扉；恍惚拥抱着一缕甜甜的思念，飞上树梢，飞上云端，飞向远方。

2018.03

香　菜

　　我家庭前小菜地，年前种的一些菜最近进入采摘期，一园的收获令人惊喜不已。其中的香菜长得特别青嫩，每天餐桌上，少不了这一小碟特别的香味。

　　说起香菜，还真有个故事。小时候，并不喜欢香菜，老远闻到了这个味道，都有些受不了，更别说吃了。还好，家里不知道什么原因，也只是在过年的时候才会上一碟香菜。看着他们吃得那么香，我心里嘀咕着，这个味道让人闻着都晕的菜，真有那么好吃吗？

　　这样的疑惑一晃就二十几年，直到结婚了，两人去上海购置些结婚物品。一个偶然，才颠覆了几十年的执着心念。

　　一天傍晚，两人采买返回借住的地方，还没吃晚饭，就溜达溜达去找吃的。可附近没有其他选择，只有一家兰州拉面馆，只好进去每人叫了一碗拉面。热情的老板询问着，加各种佐料，还给我们都加了香菜。不吃香菜的我们有些为难。一对眼，干脆尝一尝？无声的默契，夹起香菜，一闭眼一口把香菜吃了。咦，一个共同的结论，其实香菜挺好吃的，我们俩又一个对视，偷偷笑了。一顿饱餐过后，就商定以后几天都来吃这家的兰州拉面，都要加香菜，还要多加点香菜。就这样，这一美味成了我的爱好，一晃又是二十几年。

　　世界万物好奇怪的，有些事情不去尝试，是很难判定好坏的。就像餐桌上的这碟香菜，要不是那次偶然尝试一下，还真就享受不了这世间珍馐美馔了。不是吗，我可得慢慢品尝我家的这一小块地里，诱人的香菜哟。

2018.03

可惜不是你

　　可惜不是你，一段感知留在沧桑里，心的脉动在启蒙，第一把钥匙，拽在你手里，可惜还是不是你，遗忘了的钥匙，悄悄换了主人。

2018.04

树叶的天空

树叶总是想剪接天空的模样，椭圆形的扇形的多角形的针形的，总不忘把自己的形状赋予天空，满天空不就是你所看到的树叶的形状？当你待在树底下的时候，天空就是树叶镂空的对影，不是吗？

树叶的判断是无法证伪的。当你俯视树叶的时候，你看到的是大地；当你离开树底仰视天空，你就离开了命题；当你透过树叶去证伪，那还是乖乖投降为好。

树叶的天空，还是天空的树叶，谁也无法证实天空的形状。无边无际的天空弥漫着迷一样的幻影，在人们的视觉里变幻着堆积着，远远地蔓延伸展到宇空。

一叶一界面。宇宙默默旋转着，没有空闲理会，似乎有些含糊不清的判断；有太多的问题需要，需要穿过星系星团，求证宇宙的魅影，什么时候撮合宇宙的各界面，连接起顺畅的桥。

2018.05

小尾巴草

太可爱了，一群小尾巴草，春雨一淋，都闯进诗人怀抱，眨巴眨巴小眼，看到了另一个太阳，晒黑了一片金黄，哈哈哈哈哈哈，一群可爱的，小尾巴草。

2018.06

水 与 杯

　　水没有听懂，杯子的抑郁，滴滴答答还在，不停地埋怨，杯子的不是。渐渐懊恼的杯子，让水溢满，杯壁挂满了，哭泣的泪水。苦涩的泪珠，不舍离别杯子，缓缓拽着不肯舍弃。无奈的杯子，匆匆拖住，水黏稠的样子。

2018.07

呼　吸

　　嗡嗡嗡的轰鸣，时轻时重，出风口吹出，炎热的温度，摇曳的树枝在，轻轻叹息，主人的偏好，有些奇特，吹向空中的思绪，一缕一缕飘散，悄悄落下，抑郁，泛起脉动。炎热的夏，汗水滴透，一个梦。

2018.07

唐山记忆

　　黑暗的世界，轻轻地抹去，无数个灵魂，突然间飘飞，灾难降临，太多的爱，在一瞬间抹去，太多的希望，停止了眺望，太多的，太多的明天，定格在再也，无法转动的那一秒。苦难在一瞬间，降临，那一秒，苦难注入了，一个民族的，脊梁。

2018.07

心　碎

　　心碎了还是要，对你微笑，不管你是不是需要，这微笑是对你的回报，鲜花谢了红颜，可那树叶也会飞黄，白昼溜走了，可夜莺会在树梢歌唱。只要你回眸，微笑没有百媚，可那是心中流淌的，爱的味道。

2018.09

秋 雨

外面下着大雨，不时响起雷声，一阵豆大的雨滴，夹杂着雾水敲打在围墙上，溅落在草丛里石板上，绽放出一朵朵小花，即刻又淹没在水流里。滴滴答答的雨声，似乎在邀请你一起，裸露在烟雨朦胧中，享受一场洗礼，与大自然悄悄地融化在一起。

屋檐下秋千在轻轻摇荡，呆呆的，没有思绪。静静地看着，这雨在想着什么。也许这就是一场轰轰烈烈的爱情，大自然的语言在交流着，岁华的流殇就这样互相侵蚀。

云裳对大地的思念，倾诉了一阵又一阵。有些凌乱的节奏，却在弹奏一曲交响，要洗尽铅华，还秋一个清静。可如歌的雨，敲打着非洲鼓，唱着小宝贝，想听一听你幸福的往事。你回来了还是躲在哪一串雨滴？期待你的拥抱，一曲红尘阙歌，醉了不停滚落的雨珠。

闪电渐渐移到远方，雨声渐渐消失，一阵一阵清凉的风，偷偷地吹拂着树梢，移动着云，露出一圈圆圆的光亮，变薄的云层，给月亮透露出一丝光芒。朦胧的光亮晃动着，又被另一波云遮住，暗淡的夜在微弱的闪电中，沉入梦乡。

2018.09

夜访沈园

　　会稽老城的夜，不那么喧嚣，不小心会让人以为又回到了宋朝。马蹄声从远处渐渐消失，花轿的虚影在院子大门口停下。小姐瘦小的身影晃悠悠闪进了沈园。

　　戏园子里正在咿咿呀呀地叙述，是泪珠飘飞，还是露珠飞洒。院子的角落里隐隐约约传来了轻轻的抽泣声。红酥手太多，不知是哪一双，将就的黄酒一串串飞沫，不知道飞沫里放翁的哭诉，唐琬是否听懂，还是唐琬孤独的辛酸，被放翁放逐了千年。

　　夯土的围墙上，钗头凤有几只飞了起来？苦涩的叹息牵扯着红裙，有太多的断肠缠绕，云丝飞去却又能唤回几多回眸的笑脸，愁怨的咽噎都沉入溪流。

　　葫芦塘的女儿红都灌进了井里，孤鹤何处寻找半壁，流了千年的墨汁蘸了多少墨池的泪痕，云飞断了诗魂。映在粉墙上的柳絮飞不动，住了千年仍未等来唐琬的倩影。

2018.09

146

风 花

没有风花雪月的日子，有些凉飕飕的惬意。孤寂的夜空，月叙述着阴晴圆缺的故事。些许的冷漠并非无情，思绪如此混乱，又有谁能懂那远方的梦呓，悄悄地缠绕、徘徊不定的心绪。

醉酒的舞蹈太累，千金呼儿换来的美酒太涩。阴晴圆缺的素颜，骗了太白一个又一个花想容；草堂外的秋风，漏进了屋盖，吹拂着摇曳的灯花，剪了一夜的心酸。

谢了的林花还会在来年绽放，憔悴的荷翠又会再露出笑容。只有春江水不再回头，鹧鸪只知回去，却不知回去的已不再年少。秋风吹皱了一池的酸甜苦辣，陪伴的是遗落的浮萍，漂泊的幻影，换了一份梦里巧遇的欢乐。

那未知的境界里有没有诱惑，自由奔放的灵魂可不可以找到归处。飘飞的梦没有系上风筝的绳索，幽游的幻影随着云霞飘游。

夕阳斜斜地挂上的天幕，怎么追也追不上那轮回的轨迹，只有等待黑夜悄悄溜走，等待那旭日东升的金光四射，期待又一个回眸。

2018.10

镜　花

　　当一切喧嚣落尽，只有轻轻的呼吸，在悄悄地自娱自乐。低沉的古琴曲隐隐约约从音箱里流出，陪伴着孤独的思绪在夜空中幽游。被月亮照亮的树梢摇曳，偷偷地唱起雅韵的京剧，无声的独白寻找着青衣花脸小生花旦。镜花魅影亢奋又凄凄。

　　一个个救世的想法卷起又潮落，打搅了安静的心灵。油灯、电灯、萤火虫，照亮的只是几尺远近，不可触摸的灵魂何时有亮光照进，黑暗的世界在焦虑中穿行。

　　这世界的门在哪里，边界为何无极，是天眼的射电更接近遥远的奥秘，还是梦想构成的幻境更接近现实？百亿光年之外的故事与百亿光年之后的梦呓搅和在一起。不知道这是哪一个纬度里的叠加还是多维度的平行，那时间却又梳理不清。

　　无助的呼吸在哀叹，跟不上混乱的思绪，卷起一个个旋涡，只是不愿意随着波涛流淌。无奈的风夹杂着雨滴拼命地追赶，可尘埃太多，又无处寄存这红尘，到处都是广场舞开辟的战场。海关的梦只是涂抹了些颜料，托运的旅行箱偷偷地载着密码游荡。想法太多却又无奈，自由的飞翔带着飞涨的自信乱窜。曾经的信仰在太空中休息，破碎化成了理想，丰满的碎片时光怎经得起风浪，太多的诱惑让坚定成了笑话。

爱在一年以前，不能爱在一年之后，永远爱在千万年。一份糊涂的爱没有尽头。

每个人都带来了快乐和思想；每个人都透露了要弥补的不足。而爱是真正的动力，未知的世界是燃料，孤独是快艇，时间是一道引向荒原的闪电。只有澎湃的心跳在犹豫，在徘徊，在迷失中不停寻找方向。

2018.10

无　绪

不再相信这世界还有真实，不再相信真的还有事物存在。真的不再出现，假的就成了真的故事。乱糟糟的表象又在烟雨朦胧中喘息。

焦虑的烦躁掩盖了呼吸，静静地看着雨滴却不停地哭泣。屋檐的呢喃没有记下，飘飞在雨雾里游荡。

不知道要去哪里，不知道会有什么际遇，一切又只是一声无奈的叹息，如果那是真，可能是，一个无法承受的假设。太多的苦恼缠绕，太多的伤害只有一个结局。

不知道拥有还是放弃，长夜没有终极。理性和情感成了天敌，无法调和地搅和成了一团糨糊，黏黏的思绪混乱没有头绪。一个太过漫长的梦稀里糊涂地变成了愁怨，载不动的岁月，解不开的心结，在一瞬间又一个瞬间变幻着意念，不知道答案是不是就在前面。

或许这就是答案，一个没有结局的故事，无可奈何花落去，无法捡起留下的话语。或许那是一个真实的故事，只是才刚刚开始。这头绪不知道怎么才能理清。

2018.10

节　奏

暴风雨的脚步声悄悄地从远处传来，错落的节奏越来越近，弥漫的雨雾不知道会打湿多少份心意，凶猛的浪会不会改变刚刚起航的帆船的航线，不宁的焦躁不安会不会打翻几坛酸酸的醋意，新的均衡能否把控风浪中重新出发的航班。

泥泞不堪的小路会不会让裤腿沾满泥水，滑滑的泥水会不会让轮胎打滑。

也许这是一段艰辛的出发，可奇怪的变奏让人无法自拔。打湿的新潮掩隐着，真真假假的呢喃不停地变幻着，夸张的脸谱换了一个又一个角色，庄周梦蝶化出了一个七彩蝶谷，恋恋的欢舞在梦幻里缠绵入骨。

如果，没有如果，一切都变得绚丽多彩，春风十里连着十里风荷，满地金黄铺垫了一片喜悦，凌霜的梅花馨香涌动，风霜雪雨只是风花雪月的伴奏。

风雨后的阳光明媚照耀，满院春色姹紫嫣红。风平浪静的航程收获一个又一个幸福。

2018.11

秋　寒

　　深秋一下变得寒冷，淅淅沥沥的雨丝似乎是一场修行，淤泥中挖出的藕节不知道是否留下了荷花的呓语，掰断的藕丝还缠恋着满池的风姿在风中美舞。

　　眷恋的情丝无奈地收起，默默等待冬天的酷寒，编织一个新的故事。初冬的风雨悄悄地摧损黄菊，红瘦了却不见绿肥，无边的哀草收下了多少泪，夜的空蒙无色无味。

　　只有梅树在悄悄地孕育花蕊，想象着那一树美艳，又有多少个少男少女会演绎家春秋的剧目，留下多少欢喜忧愁，多少暗香依偎。玉龙三叠①又有何妨，傲霜冰玉依然还会坚持守护着，冰清玉洁的梦想。

2018.11

---

① 玉龙，指冰凌中的梅树红枝；三叠，指琴曲梅花三叠。

白　鹭

　　假如不是亲眼看见，真不会相信在宽阔的水面上翻飞的白鸟，便是多年失去踪影的白鹭，是的，是小时候常常见到的白鹭。它们在嬉戏在追逐在谈情说爱，在成双成对地从河的这边飞到那一边。一会儿停留在水边呢喃细语，一会儿又栖息在树上，惬意地让微风梳理着羽毛。真是一处人间仙境，一鹤白影冲天去，几只白鹭荒洲绕，是这片土地招回来绿水青山，让白鹭又开始眷恋这块土地的云梦，又在构造一个新的栖息欢巢吗？

　　过去的云梦总是在风雨中飘摇，袅袅的黑烟染黑了那洁白的羽毛，小河里清澈的水渐渐变得混浊，挑水喝的人们皱起眉头，再也不光顾那不再清澈的河床。鱼儿渐渐消失在远方，躲在山沟沟里，却也还是没有跳出被捞的结局，迁徙的候鸟，也不再光顾这些个发出臭臭气味的荒洲野地。

　　一晃多少年过去了，突然这些白鹭又回来了，真的有些许惊喜。我们真的该好好珍惜这片土地了，否则怎么把这片土地交给后人呢？想想又有些许的郁闷，需要做的还真是任重道远。

2018.11

放　空

　　捧一杯淡淡的美式咖啡，坐在落地玻璃窗边静静地看着窗外，大脑放空，悄悄延迟着刷出一道空白的记忆。

　　河滩上新来的白鹭被游动的渔船骚扰着，马路上来来往往的汽车噪声喧闹着，无奈的白鹭只好时不时地扑腾着翅膀，在江面上东游西逛地折腾着变换一下位置，谦让着游动的渔船，听听那喧闹的声音在说些什么。

　　尘世间有些复杂，很多事情想来想去还是没有想明白，事情的道理在哪里。放空了大脑，心里却嘀咕着，不知道潜意识里装了些什么稀奇古怪的想法，别扭地对抗着刷出的空白。

　　太阳躲在云层的后面悄悄地看着云洒下一丝丝泪珠，不知真相的人们撑起一把把油纸伞，在雨巷里寻找着丁香的味道。可季节早已变化，很难再闻到丁香的遗馨，只听到丁香一样的姑娘渐渐变缓的脚步声，慢慢移动留下的幻影，沟檐滴下的水珠叹息着皱起眉头。

　　世间的痴情谁能懂得，那里面遗落下了一些什么，落在水沟里的木叶拼命地想记起题在落叶上的情思，可在雨水冲刷下，它的记忆芯片坏了，只留下歪歪扭扭断断续续的电波。任凭再先进的智能翻译手段，也无法理解天书一样的符号，堪比引力波的隐秘，一组心电图的吞噬。

得意的微信幻入跳跃着的水珠，泛起流光溢彩，太阳在刚刚收起泪雨的天空挂了一道彩虹，彩虹的微笑折射出河面上飞翔的白鹭，刻下一道道优美的幽影，落下了夜幕。

2018.11

闲 情

肯德基做不出，纯正的美式咖啡，淡淡的味道却似，窗外人来人往的交集，没有联系的影子，偶尔同框印入眼眸。

匆匆忙忙的身影，各式各样的闲情，看不见的愁怨，悄悄地穿过玻璃窗，滑入咖啡的细胞，弥漫在餐厅里。

人生的日子就堆码在这些，吃吃喝喝的岁月里，飘荡在匆匆而过的身影里。消失在远处喧嚣的雨幕，油纸伞的下面那个，散发着丁香香味的魅影，带走了一季的寻梦，春天直接飞入冬季。

2018.11

错

寒风渐渐消停。银杏叶悄悄地变成金黄，时不时冲动地扑向大地。翠绿的草丛渐渐地变得有些疏黄，焦虑地把银杏叶轻轻地铺在草地上。

兴奋地捡起地上的一片片金黄，小心地层叠着，轻轻地握在手掌。舍不得拿走太多，只捡起十余张。突然心生一念，何不用这银杏叶来卜算一下，手中银杏叶单数还是双数？

还真不知道这数字是单数还是双数，假设单数代表结束双数代表继续，那到底是单数还是双数？

一路上不停地想着是单数还是双数。当然不希望出现单数。可是这人间之意往往都是与愿望相反，结果还真是这样。

时光消磨太匆匆，就算是十年也只是一刹那的感觉。可是有些事时间有些不给面子，余下的空间太小又似乎太大，放不下又好像太空虚，好可惜却无可奈何。梦好像很短又好像很长，突然断了又似乎没有醒来。一切都变幻无常？

十一片银杏叶夹在书页里，十一月的梦总是有些空荡荡。也许这又是一个梦的开场。但愿人长久，心安就好。

2018.11

清　梦

梦虽然只是梦，可人类偏偏喜欢做梦。苏东坡说他常梦常新而不能醒，从而笑了古人又被后人一样纳为谈资。

世界的细微处存在着许许多多的美，就算在自己身边，却也不能发现，或认为太过平常，因而没能享受到。

人类的生活经常在有意义与无意义之间游动。人类所追求的永恒，实际上是对人类生存的一个可用于永恒存在的理想。

2018.11

丁香的诱惑

窗外天空飘着细雨，伞下的丁香姑娘来来去去，不知道是哪一把伞下还流溢着丁香的余韵，满街的油纸伞晃动着一溜溜媚影。

丁香的芬芳染遍了岁月和林花，可风寒改变着一幕幕风景。厚厚的风衣里，藏着一片片云裳。一个瘦小的枯影，放飞着梦呓。高耸的窗户关上了心扉。

腾升的雾霭悄悄地与低飞的云梦牵手，苍翠的远山隐隐露出枫红疏黄，花瘦了，绿也露出了憔悴。

冰凉的雾气蒙蒙遮住一溜烟飘过的鹭影。翻飞的弧线牵来朵朵白云。短暂的欢喜，白鹭特意来问候这一片云。迁徙的驿站还有多少个欢欣，春暖花开时它会不会又来探访思念的灵魂，再送来一片芳心？

窗外的雨声渐渐稀疏，也许这是白鹭传来的讯息，明年春来，带着丁香的思恋和一个约定。

2018.11

梦 云

斜阳晚暮晨云雾，黛墨妆微远山眉。待把瑶台迷梦觅，漏枝鸟语觉来痴。

细雨霏靡，不远处的云山粘在一起。水雾腾腾往上蹿，云烟顺势握住烟岚，遮住了眼眸，洒下朦胧一片氤氲。灰黄的木叶时不时露出疏影，打湿的花径早已没有了声息。偷偷爬上树梢错了时节的海棠花开二度，羞涩地留下几片萼瓣，悄悄地落下一缕幻影，淡淡的余香飘忽着，不知飘向了哪个闺阁，痴醉了一霎幽魂。

傻傻的枫红还想赖着挂在树上，装扮着冬天的颜色。些许寒风吹拂，抓不住的落叶时不时飘下，扮演一场告别，翻飞着问候每一个风情。

贴着水面飘游的白鹭张开的翅膀击打着流溢在空中的烟云，不住撒下一个个梦呓，觅寻缥缈的梦云。

2018.12

冬　愁

厚厚的冬装，肆意在街道横流，裹挟的躯壳匆匆奔向各自的地标。天空黑着脸吐露着寒气，无力的残翠紧紧地抓住树枝，呼吸着大地的寒气。

电摩托匆匆而过，小车急得刹不住车轮。风中飘逸的倩影抗争着，一抹欢颜飘浮。红绿灯的唠叨惹急了心愁，烛光里有没有一个合适的绣球。醉了的酒绿悄悄泛起欢悦，今朝今夕醉了，少了月的风骚。

霓虹灯眨巴着眼默许着，一个梦幻的西游。

2018.12

2019

葡 萄 酿

　　葡萄熟了，好像是混杂了蓝莓，酿造的波尔多，沉淀的杂质，隐约醇厚的思恋，在舌尖缠绕，阳光的味道在酒中，悄悄地隐藏热辣的煎熬，熟了，葡萄就是，葡萄。

2019.02

等　待

　　瞬时晴雨，雨声敲打着的心绪，流动的闲愁夹杂着喧嚣埋怨，绽放的伞花不一会儿又消失在大大小小的街口。

　　羞涩的笑靥在桃花的映衬下勾魂摄魄，花花绿绿的红尘让老老少少客串起骚客的角色，踏青的念头不断消磨时光，流动的信号随着画屏时起时落。

　　咖啡座里静静地相思，不断交流着眸子里不用语言的电力，屋檐未干的雨滴，轻轻地抚摸着迟疑的燕子，一片片风情剪出了，姹紫嫣红窗外的高楼，玻璃空空的，等待下一个雨夜敲击的风流。

2019.03

虚 空

　　孤傲飘飞在，天空，虚空的风轻轻，拂过，远方的云，呼唤着雨滴的，呢喃，洒下无数的精灵，眨巴着，有些许灵气的尘埃，挣扎着，在寻觅，露珠里藏着的矜持。

　　细腻晶莹的幕，透过，痛楚的唇缩小，化为，一朵朵花骨朵，悄悄地，泛起一片云霞，一个身影，在风裳的飘逸中，摇曳，累了，一颗揉碎的心脏。

2019.09

2020

爱情之殇

笑问天长，爱情是什么？

爱情是云烟朦胧的春，是炎暑交集的夏，是风高气爽的秋，是冰封严寒的冬。

爱情是酒吧的鸡尾酒，奇特而迷乱；是倒映在水波的霓虹灯，绚丽而恍惚；是迷惘的火焰，燃烧得没有方向；是六月的雪，瞬间融化在冰凉的山峰，无悔无怨。

爱情的伤痛绵绵无期，今天刚愈合，明天又在结痂上多了一道伤痕，只是谁也无法理清对错，无法理喻其中的辛酸苦涩，自甘深陷泥潭而无法自拔。纠缠不清的情感缠绕着、伤害着，谁也难以抗拒难以退出。

爱情是愁肠揉碎的期盼，是愁上浇愁的对酌；是千里婵娟的许诺，是对面不相认的错过。

爱情是微风，含着微笑在情感的时空里悄悄拂过；是细雨，在漫长的黑夜里轻轻述说着思恋，与梦交集在一起溅起涟漪；是狂风，裹挟着暴雨奔向未知的目的地，无法停下来歇息一下好好想想，哪里才是泪奔的尽头。

爱情就像一池莲花，没有人能永远拥有，却又一年一年期盼，期盼那一抹淡雅矜持的红艳，在充满幸福的等待中款款而至；水中月影的嫉妒滔天，滔天爱意却不知不觉沁入心田；满天的星云无语，无语的清风却幽怨地将爱情藏着掖着，生怕又被露珠孕育出一个又一个没有回头的爱情故事。

爱情是一辆光鲜亮丽的宝马车，没有动力就无法开走；是一条漂泊无定的小船，没有桨就无法驶向彼岸；是银河两岸的牛郎和织女，面对无法连通的鹊桥无望长相守；是祝英台与梁山伯，私订终身却无法跳出世俗的阻隔。

爱情是蓝桥的回眸，是飘的呻吟，是致爱丽丝的音符，是朱丽叶和罗密欧无力的告白。

并不是每一个没有婚姻的爱情，都是无赖；爱情的眷恋，照亮了黑暗的角落，燃起纯洁的情感烈焰，燃烧着两个碰撞出火花的精灵。精神的不灭指引着人类向着灵魂深处探寻精神王国至高至纯的浪漫风情；这谜一样的爱情矜藏着人类最幽深的情感夙愿，是人类最美好的梦呓。

爱情是带刺的玫瑰，惹得花想容的贵妃魂飞千里；是孤傲的秋月，半老徐娘在长门里叹息；是胭脂腻水，风霜刀剑断了夫差的根本；是羡慕嫉妒恨，温柔乡淹没了双飞燕的尘埃，沾满了骚客的胡言乱语。

爱情是那塞外梦回江南的幽花倩影，玉珠缀满的相思病了，飞雪无法勾兑醇香的情觞，十面埋伏的矜持伴随淡淡的忧伤，跨过千年却再也无法寻着那初见的别恨离愁。

爱情是杨花，水性杨花是滥情的别称；是坚贞，不渝的爱情成了婚姻的装饰；是梨花雪、桃花泪，二十四桥七彩芍药的云裳飘飞，一根一叶的情殇不知道什么时候又在等待中轮回。

爱情是浮云，没有根基地飘摇，充满迷惘的暗眸；是水仙的痴狂，水漫金山流淌千年的凄美；是满天的火烧云，灿烂的彩虹是爱情的嫁衣；是峨眉金顶的迷幻，佛光普照却不知道身在云天几层；是南海的菩提，不知天涯何处有迷人的芬菲。

爱情是灵魂的自恋，是一场自我暗伤的意识流；是婚姻的红烛，一夜桦烟缭绕轻轻消散，没有留下痕迹。

爱情的本性是自我的，有没有回应并不是爱情存在的前置条件。单相思、暗恋都是爱情的情感波动；一见钟情、偶然相遇的脉动，都是爱情的情感瞬息。

爱情是自由的、煎熬的、脆弱的、悲哀的；是人间最美的烟花三月，也是最难修成正果的幽灵；是理想中的灵魂深处的情感向往，是精神愉悦的火花，是情感悲喜的写照。

爱情也是无力的，作为婚姻衍生品的爱情终究无法最后脱离婚姻的束缚，总是在与婚姻的搏斗对抗中败下阵来。只因为爱情太过虚幻、太过崇高，也太过脆弱而易生发变异，爱情的悲凉总是陪伴着爱情的永恒旋律。

爱情往往败于婚姻。但爱情总是徘徊在那里，就像仓央嘉措遐思矜藏的，你爱或不爱，爱就在那里。悲情总是多于欢悦，人们总是追求美好，可美好的爱情总是隐藏在梦里，无奈的爱情总是纷扰着悲痛着，渐渐老去，消失在毫无防备的宇空。

爱情最大的资本是年轻，是有一个可以任爱情自由翱翔的蓝天，有一个充满着希望的明天，有一个可以浪漫涂画的梦想。

老了的岁月，牵绊牵挂，固执的理念，各不相同的价值取向，一些或多或少的资源，多年积累的陋习，这样那样的身体病痛，基本确定的未来。一切都没有了幻想，爱情维生素缺乏，精神情感空虚；一分悲哀，一丝无奈。

生老病死，生是爱情的底色。一切是那么留恋，一切又是那么残酷，无法回避的尴尬将爱情终止在知天命的那一道坎。五十不谈情，似乎又还有一些道道。

贫富贵贱的情殇悄悄收起哀伤，雪月风花飘上鬓霜，老旧的风裳已悄然褪色，残年风烛摇曳的光黯然神伤，没有回眸一笑的杏眼百媚生的风华，幽影独自在梦里丁香弥漫的雨巷徘徊。

人类总是不满意爱情变幻莫测的戏剧性，无法自拔的爱情总是纷扰着太多的执念；因而总是欢悦着、嘶号着、哭喊着，一切又无可奈何；撕心裂肺的无望，无处躲避的电闪雷鸣，像垃圾一样被抛弃的漫天恨意，没有天理的抽泣；无可奈何花开花落，一个个轮回重生又一个个向往爱情之花绽放。

烦恼的婚姻，羞怯的爱情。

2020.09

174

2021

诗情呓语

想把这些呢喃悄悄向那似乎并不存在的手心的温度倾诉。却不知道为什么总是磕磕碰碰，无法找到契合的刻度。也许这一切都太过缥缈，游离的心不在同一个维度。也许这本就是一场没有落幕的错过，破碎的心脉动的不是一个节奏。虚妄的空间有太多的无奈，就不知道，来世的诺许有没有可能，演绎一场一见钟情的剧目。

梦里闲来，做梦，牵梦，追梦，醉梦，不经意间梦悄然开出了花朵。何必在意是不是无效功，只要那，是精神荒野填起的一座不起眼的小土丘；就算费了不少资源，就算吃力不讨好，只要那，是精神流浪的归处；就算无法传承，可那，又有什么，那是诗歌集域里微不足道的一个印记。不管不顾。好在，每每遇到坎，总会感觉到若即若离，那若即若离的手心的温度；只有那手心的温度在温暖着这缥缈的梦；那温度，成了最大的原动力。

诗歌是生命的细胞，是精神的血脉，是诗歌赋予皮囊新的生命意义，是灵魂不灭的赞歌；不要企望那诗章随着时间洪流而留下，只要那诗章曾经在这时空与天籁一起唱和，那

177

便是人生的最大欣慰。

不知道那诗门深似海，却又跌跌撞撞绕过了几道折；一不小心误入小山沟却又云遮雾绕，朦朦胧胧的崎岖小路若隐若现不知道去向何方；恍惚的天籁在遥远的山巅响起，可太多的贪婪和诱惑蜂拥在一条条不时闪现的，不知通向何处的羊肠小道，漫山遍野的迷惑不知道如何绕过；若隐若现的海市蜃楼不断变换着方向，错了，错了的诗情不知道为何消瘦。

不是这时空太小，而是这心绪太乱，乱糟糟的心愁没有多余的情愫牵绊，情殇堆积在流水高山，幽深的荒谷没有孤寂的茅庐，东君一个劲地寻觅也无法带来万方天籁遗落的心酸。昨夜的情感也许只是那灯花的戏言，那妖媚的回眸没有一笑百媚生，只是风错了，错会了灯花的暧昧，没有结尾的故事演绎了千年。

迷惘的野马在虚空中浮飘，孤寂的荒野卷起一缕愁思在氤氲的天际袅袅升腾，却不知道奔向何处，哪里是可以收获诗情的远方。

2021.02

心安何处

此心安处是吾乡。东坡先生的一句此心安处是吾乡，说出其一生的感慨。坎坷的出世，颠簸的流离，就算此心暂时没有安处，也把随遇之处视为吾乡。

凡人又如何躲过这没有预演的风萧。隐隐的无奈在虚妄中哀叹，对酒的渔樵没有剪去那一夜的灯花，又如何度过逝者如斯夫的凄苦。那云裳飞来的雨丝带着思念，寻觅了一相又一相，只是怎么也找不到相思病酒喃；良宵思念的吟音缠绕在梁上，缥缈的幽香掩隐着忧伤，伴着飞檐的雨滴无眠，长夜冥思，哪里是安处，悄悄泛起的情怀徘徊在梦乡。

心无安处，何处有吾乡？更不要说心有杂念，又如何至纯至高？终究还是无法自拔，无法自拔又如何。心已憔悴，情何以堪，何处有归来的驿站。漫天的雨丝，追寻着丁香花一样的幽影，那恍恍惚惚的幽影时不时停下来等待，等待那痴痴的念想，那念想却时不时错过了，错过了站台，错过了相拥，错过了欢喜，错过了惆怅，只牵来一场场心伤。那轻轻幻入露珠的幽影有没有梦呓，有没有留下一缕愁肠，悄悄牵着梦在飞檐下饮泣。

也许只希望，只希望静静地站在一旁看着，远远地看着那幸福的模样；也许，也许那幸福的模样就是此心安处，也许，那幸福的模样就是要寻觅的吾乡。

2021.03

错 音

简陋的鼓皮想模仿雷雨的恐怖，兽骨钻出的笛眷恋那荒原风声的悠妙。甲骨上不知记下了几个音符，瑶琴泛起宫、商、角、徵、羽五音，不小心打磨出的磬，那声音萦绕在神坛走不下台阶。滥竽充数也会陶醉，陶醉的琴瑟拨响了几千年。

争鸣不断的春秋百家弄乱了文王操，争辩着修身养性治国平天下，阔论高谈；怀抱四书五经的圣人急得要克己复礼。离骚问天问了个遍，还是忍不住跳入汨罗江去龙宫探个究竟，却又不知所谓的看着热闹的，连年不断的龙舟竞渡，不过是一个唤魂的哀伤。

战国的硝烟掩隐着战车，大秦的律法度量衡一统六国，文字、礼乐只有一个标准，吓得孟姜女哭塌了长城一角。项王一把火烧了阿房宫，却为沛公做了嫁衣，霸王别姬的凄美传唱了多少个月夜。

大风起兮，看尽了云飞扬的大风刮起了一阵阵血雨腥风。腥风卷起凄厉的战鼓，金鸣和着棒槌声，流淌了多少血泪。犯我中华者虽远必诛，时起时落的边寨胡笳，嘶哑着惊醒一场场梦呓。

　　唯有杜康的交杯觥筹，溅出酒绿无法扑灭赤壁点点火星，噼里啪啦的火苗声惆怅地游离在梦魇。

　　花想容的盛唐明月，华清池遗落了霓裳曲，让骚客寻觅，几个灯花剪了又剪。那白绫与雕梁无声的神伤留下了几声哀叹，含冤的音符散落在，难以上青天的蜀道，与杜宇缠绵。风吹破的茅屋又安得下寒士几个，税赋压抑出心愁。纵然有五十弦，却再无玉人在二十四桥，吹箫。

　　清明上河的吆喝演绎出一段段离情别绪，万千柳丝眷恋着柳堤上的歌酒萦回。不知身是客的惊魂，愁的只有向东流的一江春水，遗下一个个剪不断理还乱的灯花。白衣卿相沉醉在三秋桂子，十里荷香，三变的芙蕖也无法消愁，凝伫在杨柳岸晓风残月下，叙述不完风情千种。

　　斑斑血迹的梁山好汉歌还是在招安声中落寞。怒发冲冠的悲壮，跨不过淮河水的绝唱，风波亭的怨声又有几个回落，风萧萧兮，寒的都是泪水，乱了，乱了的小曲唱的是一曲后庭花。

　　敲错的鼓音无法悦耳，成吉思汗的铁蹄踏碎了几多清梦。红娘子乱点鸳鸯谱在西厢上演了悲情一曲。窦娥，冤屈的窦娥没有倾诉冤的地方，可那六月的飞雪，期盼混乱的季节，尽快改变四季轮回的失常。

　　黑夜的幽魂频频显出真身，无聊的聊斋里聊的尽是无法窥视的幽影。西游，七下西洋的浪涛声只带回闹钟的打鸣，遗下几艘沉船的惊吓，飘散在火树银花的笑语欢声中。十二音律没能奏发出惊世绝响。

红楼一梦谁又能清醒，昆曲的唱腔渐渐融入二黄西皮；京腔京韵成了国粹，越剧丝竹庄和烟花三月的凄清低吟，春江花月夜伴随着二泉映月，凄凉地在风雨中飘零。

上海滩歌舞汇，留声机响起靡靡之音，协奏曲与唱诗班一起涌入，奏鸣、交响带来太多的伤逝。华尔兹成了时髦，十里洋场的歌女憔悴地拖着疲惫的脚步，在恍惚中迷惘，迷惘的纸醉金迷传出一曲又一曲蝴蝶梦。

吸食鸦片的自得已忘记三元里的厮杀声。圆明园的一把火没有点燃烽火台上的柴火。没有设防的荒芜跳起几个疑音，夜半歌声幻想着，一曲曲靡靡之音遗落欢乐颂的普度伴随着潮起潮落的大海一起合奏；冷艳无情的宇空，有太多的不和谐，不和谐的音调狂欢着吞噬着，无休无止的殇。

火轮的码头一切都是洋货的吆喝，洋油洋布洋皂洋伞洋钉洋火，不带洋字就成了土老帽。

卢沟桥的枪声打断了只求安逸偷生的梦。纸醉金迷的金陵血雨腥风，又岂止席卷几日。几千万无法安息的冤魂发出愤怒的呻吟，绝望的哀号无法阻止悲剧的惨痛。义勇军凌乱的脚步，在退却中逐渐坚定抵抗，和着反击的炮火怒吼的时刻，土琵琶伴随着晨曦曙光痛哭。

苦难渐渐从不和谐的争议中修复。起来，不愿做奴隶的人们。终于，在上甘岭你来我往的枪炮声中再次挺立。田野的笑声在云天中寻觅诗和远方，那一个属于东方睡狮的天籁。

宇宙虚空凄厉的啸声，怎么也无法灌入双耳，错位的频率无法激起鼓膜的震荡。看不见暗物质的幽影，塞满了虚空的粒子，又何必在地底下千米纯水中隐藏行踪。带着放射物的浊流就要湮灭蓝鲸美妙的歌声。

　　本以为虚空寂静无极，宇宙风暴却忙碌着度过无尽的岁月；无助得满鬓飞霜，记下了几段愁吟；落满灰尘的弦弹不出昨夜的回音，沉香缥缈，缥缈的忧伤忘了向昨天祷告。

2021.04

梦中的江南雨

　　傍晚，一场雨说来就来。狂风劲吹树叶沙沙，一股摧枯拉朽的气势。豆大的雨滴逐渐密集，拉起了一道朦胧的雨帘。正在梦游的思绪，还没从公园寂静的空气里喘过气来，就被这突然而至的暴雨惊呆了。匆匆躲进附近雨棚下，转眼又想立刻冲进这雨中，在暴风雨中来一场彻彻底底的洗礼。

　　克制了冲动终于没有立刻杀进风雨中，注视着这雨肆意地勾引着，思绪伴随着雨花开了又碎，心疼地想捧起那雨花，把它轻柔地揣在怀里，不知道这雨花是否知道那悲怜的心愁。看着看着雨渐渐小了，而我笑了，终于没有冲动，终于没有冲进这雨帘，却又有丝丝惆怅，不知道如果冲进那雨帘又是一场怎样的相遇。

　　轻轻地挥一挥手，与天空中的云告别。云似乎想与我言语几声，又悄悄放慢了飞的速度，细细的雨丝打在我的头发上，亲吻着我的脸，那清凉通透的感觉一下拉住我，放慢脚步与雨来了一个亲密的相拥。不再在意雨是不是大了，不再在乎衣服是不是湿了，在雨中那雨花开在了我脸上头上衣服上肌肤上，千花洒下，在雨花中似乎那魂游离出来与这令人心碎的千花散尽紧紧糅合在一起，一起飘入雨幕中，在微凉的雨雾中飘浮着，静静地与雨珠呢喃细语。

　　这就是那梦中，那梦中怀抱了多少次的江南雨呀，又把我带到了那一壶冰心幻化的雨花中。恍惚中想把你留下，想让无影无踪的幽灵悄悄地堆码在梦呓里，飘飞在树梢上，绽放在心海。

2021.05

跋

元叙述与元表达

人类大脑神经系统在原始进化过程中，逐渐与外界建立起来一种连接，并在基因进化过程中逐渐积累留存这个连接的功能优势，使其遗传个体更易于重复建立这种连接关系。

这种连接逐渐形成了一个个基因密码，生发，并逐渐强化了处理、存储、记忆这些连接的大脑功能，建立起了一整套适应连接的自动处理系统。

随着进化的积累，大脑的这个自处理系统变得越来越强大，逐渐演化出了个体之间的可交流连接系统。肢体动作的连接、触感的连接、声音的连接、图像的连接、原始的情感连接，等等，在进化过程中得到强化和演进，并在基因密码中得到功能留存和进化，使其遗传承受个体具有建立这些连接的功能遗传优势。也就是说，在人类大脑的自处理系统中，存在与外界，包括个体之间直接连接的功能遗传密码。只要经过简单的复述，即学习，就可以很快重新建立起这种连接，如初生儿马上可以与母体建立喂乳连接。

声音、肢体动作、声言的相对固定的含义连接逐渐建立，激发和建立起个体之间相互的信息连接，并由此激发和建立起大脑自处理系统的显像表达——元表达。声音音意、肢体动作意义、声言意义等这些元表达，形成了最原始的指代意义。趋一群体的遗传特征大体上是处于一个较接近的水平的，但个体也会有突变的演进的可能，并强化为遗传优势，得到优势遗传。在近几万年这一非常短的时期内，特别是 1.6 万年前智人的大脑结构的突变引起的快速进化，为显像表达——元表达进化到可记载传承的声言、语言、文字提供了生物进化的基础条件，加快了这一显像系统的建立与完善过程。

人类与外界的连接总是随着外界的不断变化而不断改变，并随着人类自身自处理系统的不断成熟而更趋于无限接近连接对象的单一性。当人类的自处理更趋于自主而迷失确定性时，会以多样性而予以暂时的连接。

大脑内连接与外界直接连接以及内外连接形成的单一性连接逐渐向多样性迁移，或者说借用，由此逐渐建立起连接域。这个域在进化过程中不断积累完善，并逐渐形成连接方式和自处理系统，即潜意识系统。

人类的自处理的最重要的功能发展，就是不断加速的主动与外界发生连接的能力及其逐步发展的内部信息自主连接的能力。

大脑在与外界感知连接时，在未确定连接感知对象的寓意时，是以直接连接的模式进行连接，而无须与感知意义相对应，可以在以后逐渐形成对感知连接的意义进行确定的意义。如大脑与天空的连接可以直接建立起来，而不顾天空代表的真实意义，这时大脑与天空的连接只是一个图像。而意义就是某连接的单一确定性指向具有符号或指向场景的显像表达。

口语发声、声乐、肢体动作、手绘图像等，这些应该是人类在进化过程中最早建立起来的人类个体之间相互连接感知的意义连接，应该对应着一定的感知趋向的认同，并由此逐渐建立起声言连接、声乐连接、肢体动作意义连接和图像符号连接。

这些连接里面，最先可能被符号化的连接意义可能是肢体动作、声音与图像之间产生的连接关系。这些关系还必须在文化演进中得到族群的认可和传承。这也是大脑连接逐渐积累发展起来的显像表达，是元表达，大部分意指只具有简单片面的单一性。而这些连接之间逐渐形成一定的相互关系和连接模式，显像表达为声音、肢体、图像等连接关系，逐渐建构起一系列的寓意表达。而这些寓意表达还隐含了部分当期的文化背景所蕴含的潜在理解和约定（连接域）。

人类进化中逐渐形成了符号化连接，是大脑与外界连接以及大脑内部逐渐形成的内连接的类代指显像的抽象表达。如代指某个意思的声音，代指某个意思的肢体动作，代指某种情绪的神态，等等，这些都是有一定意义的指向性表达连接，并在一定范围的族群内能够理解这些代指显像连接的意义。而当这些指代连接在族群里逐渐由某一类特定的声音、肢体动作、神态表情或图像意象等确定性指向连接并为族群认可这一指向时，这些相对固定的指向连接就逐渐形成了指向连接的符号化连接。指代连接逐渐形成了一个由符号连接的连接域。

随着人类自我指代意识逐渐形成，这些指代连接中的声音发声连接得到了强化与演进，各个族群逐渐形成了一个个可能完全不相同的声言符号连接显像表达，即声言交流的符号显像表达，不断传承积累的声言交流符号逐渐形成原生的口头语言表达。

人类交流连接的自处理系统的进化，特别是自处理系统的显像表达—显意识是最强大的进化，其日常的一些行为自适应应对及梦幻梦境等潜意识活动，要早于言语，乃至于声言、肢体语言交流的活动，是更原始的显像表达。其在几百万年间逐渐形成的自处理系统的对外对内及自主内连接的解构与重构，甚或自构（猜想）的功能，在进化过程中逐渐遗存和演进，并在基因中得到选择遗传。而当自处理系统的显像表达—显意识逐渐占据主导时，自我意识逐渐觉醒，形成了以自我意识显像表达——显意识为主的新的文化特质——连接符号化，声音、图像、言语乃至最后语言、文字的出现，等等。

人类的灵魂也许就是这些重构甚或自构的非显像潜意识系统和意识显像表达—显意识系统总和的域，而大脑及其语言、文字、声音、图像等处理系统是灵魂的载体。

人类的社会性结构，正是这一特质不断进化而来的结果。人类从原始的采摘围猎、原始农业生产到工业化生产、全球金融化发展、人工智能的极速发展，都是人类的显意识系统自处理能力进化的突出显现。这个过程只用了短短的几万年时间，充分说明人类的显意识系统自处理能力的成熟与功能的强大。但是，在这个过程中，最近万年以来声言、图像模仿、语言、文字系统的生发和进化起到了元表达的重要作用，特别是随着文字系统的积累、扩张和完善，极大加速了这一过程的速率。

手绘图像符号连接的逐渐形成与连接要比声音符号连接、声乐连接和肢体动作符号连接晚一些，却是文字符号的前奏，具象化的图像符号连接终于完成，形成了语言交流连接的最初符号，而不管它最初的传承是不是为巫师服务的，人类最伟大的一步终于露出了曙光，用文字表达的历史终于开启。人类的灵魂的运转系统也逐渐由无法记载的声言传承，增加了由文字符号表达而相对确定的传承。人类的情感脉动终于可以用文字符号表达与记录。

作为元叙述最早成型的表达方式之一的散文、散文诗在文学艺术发展中取得了辉煌的成就，如《左传》等；希望散文、散文诗这一艺术形态能取得更辉煌的成就。

本集是作者以诗意流露的一些感悟和随笔，希望没有偏离散文、散文诗太远。如果能得到些许的认同，则是作者的极大欣慰。

童启松

2021.06